诺曼·梅勒

非虚构小说创伤叙事研究

薛 婷 著

西安交通大学出版社
XI'AN JIAOTONG UNIVERSITY PRESS

图书在版编目(CIP)数据

诺曼·梅勒非虚构小说创伤叙事研究 / 薛婷著.
西安:西安交通大学出版社，2024.10. -- ISBN 978-7-5693-1912-5

Ⅰ. I712.074

中国国家版本馆 CIP 数据核字第 2024ZQ9310 号

书　　名 诺曼·梅勒非虚构小说创伤叙事研究
NUOMAN · MEILE FEIXUGOU XIAOSHUO CHUANGSHANG XUSHI YANJIU
著　　者 薛　婷
策划编辑 蔡乐芊
责任编辑 高海梦
责任校对 庞钧颖
封面设计 伍　胜

出版发行 西安交通大学出版社
（西安市兴庆南路 1 号　邮政编码 710048）
网　　址 http://www.xjtupress.com
电　　话 (029)82668357　82667874(市场营销中心)
(029)82668315(总编办)
传　　真 (029)82668280
印　　刷 西安五星印刷有限公司

开　　本 710mm×1000mm　1/16　**印张** 10.125　**字数** 154 千字
版次印次 2024 年 10 月第 1 版　2025 年 4 月第 1 次印刷
书　　号 ISBN 978-7-5693-1912-5
定　　价 68.00 元

如发现印装质量问题，请与本社市场营销中心联系。
订购热线:(029)82668357　(029)82667874
投稿热线:(029)82665371

前　言

诺曼·梅勒是“非虚构小说”文学形式的开创者之一，他的非虚构小说在美国文坛上享有盛誉，集中展现了其文学作品的最高艺术价值。梅勒思深感锐，聚焦美国政治制度、科技发展和社会文化变迁，关注时代创伤下人的身份焦虑、生存状况和精神困境，借由非虚构小说中的创伤叙事，多维度还原美国在特定时期的政治经济和社会生活的真实样貌，从民族创伤、社会创伤和个体创伤层面探寻创伤本原，反思历史，警示当下。学界对于梅勒非虚构小说的创作主题和技法研究较多，但对非虚构小说的整体性研究还不够全面深入，对小说中的创伤叙事研究稍显不足。

本书以诺曼·梅勒的非虚构小说为文本研究对象，通过解读小说中创伤叙事的内容，真实再现美国20世纪60、70年代的政治历史图景和社会生活状况，论证创伤叙事对历史的见证、补正和重构作用；同时，通过梳理创伤叙事的不同主题，以多维度的动态视角还原美国社会矛盾和精神困境，展现作者反思历史和精神追寻的思想历程。本书分为六个部分：

绪论部分主要介绍诺曼·梅勒及其非虚构小说和创伤与创伤叙事理论。

第一章论述了创伤叙事作为创伤书写的文学表现形式，是非虚构小说展现历史与创伤关系的主要途径，从观照现实、聚焦苦难和透视命运三个角度系统梳理了诺曼·梅勒非虚构小说创伤叙事的内容。

第二章通过对作品中个体身份特性、人生经历和思想观念的综合分析，从民族创伤、社会创伤和个体创伤解读诺曼·梅勒非虚构小说中的创伤叙事主题。民族情结与时代精神是梅勒非虚构小说中的创伤主题之一，反叛与复归、颠覆与重建是梅勒对犹太母题的继承与超越，真实反映了作家对犹太传统的坚守和对美国时代精神的思考。社会创伤主要描写了极权主义对国家政治、社会文化和意识形态的操纵与控制，再现社会矛盾与精神困境，表现出作者对国家命运和民族发展复杂矛盾的情感和强烈的社会责任感。个体创伤则注重表现创伤个体在身份认同道路上所经受的压制与重创，以及作者对女性权利的定位与思考。

第三章从多维度叙述视角、多样化叙述结构和多元化叙述话语三个方面讨论了诺曼·梅勒非虚构小说中采用的多样化后现代叙事技巧，以此来展现时代创伤的历史烙印。多维度的叙述视角能够全面展现特定历史时期的社会现状和精神面貌，通过“历史学家”和“小说家”叙述视角的交替与变换，内外视角的切换与调控，为接近历史真实和创伤本原提供可能路径；多样化的叙述结构能够突破创伤与再现的困境，通过并行时空中的多重叙事和叙事进程中的空间叙事，呈现创伤的本真样貌；多元化叙述话语主要采用“作为聚焦对象”的人物话语和“作为聚焦者”的人物感知，对创伤主体的经历、感受和体验进行细致刻画，折射时代创伤给人类生存境遇和精神世界带来的重创。

第四章探讨了诺曼·梅勒非虚构小说中创伤叙事的历史价值、认同价值和美学价值。就历史价值而言，创伤叙事具有对创伤事件的历史见证、对创伤记忆的历史补正作用；就认同价值而言，创伤叙事将个体记忆与集体记忆放置于人类记忆的公共空间，从身份认同和文化政治的角度理解历史，反思创伤；就美学价值而言，非虚构小说创伤叙事既体现了作家“追求历史真实”的创作原则，又从历史与小说、历史与记忆的融合交汇中展现了梅勒独特的艺术技法和创作风格。

结语部分是在主体章节的基础之上，总结诺曼·梅勒非虚构小说创伤叙事的研究结果和启示，反思论著的局限性，明确今后的研究方向。

目 录

绪 论 …… 1
一、诺曼·梅勒及其非虚构小说 …… 2
二、创伤与创伤叙事 …… 4
(一)创伤理论研究 …… 4
(二)创伤叙事研究 …… 6

第一章 诺曼·梅勒非虚构小说中的创伤叙事内容 …… 11
第一节 观照现实:历史的梦魇 …… 12
一、反战游行 …… 13
二、总统竞选 …… 16
三、登月行动 …… 19
第二节 聚焦苦难:漂泊的"边缘人" …… 22
一、"希泼斯特"斗士的悲歌 …… 22
二、"希泼斯特"斗士的赞歌 …… 26
第三节 透视命运:精神的困境 …… 29

第二章 诺曼·梅勒非虚构小说中的创伤叙事主题 …… 33
第一节 民族创伤:民族情结与时代精神 …… 35
一、父子关系的演变与重建:反叛与复归 …… 36
二、星际磁场中的寻根之旅:颠覆与重建 …… 38
第二节 社会创伤:极权统治与国族复兴 …… 41
一、极权主义泥潭中的挣扎:绝望与希冀 …… 42
二、国族复兴道路上的求索:感性与理性 …… 45
第三节 个体创伤:身份认同与情感认同 …… 51
一、身份焦虑与自我迷失:反抗与复仇 …… 52
二、情感认同与女性权利:赞赏与戒备 …… 61

第三章　诺曼·梅勒非虚构小说中的创伤叙事艺术 …………………… 65
第一节　多维度叙述视角 …………………………………………… 66
一、“历史学家”与“小说家”叙述视角的交替与变换 ………… 68
二、摄像式外视角与变换式内视角的切换与调控 …………… 70
第二节　多样化叙述结构 …………………………………………… 79
一、并行时空中的多重叙事 ……………………………………… 79
二、叙事进程中的空间叙事 ……………………………………… 83
第三节　多元化叙述话语 …………………………………………… 88
一、“作为聚焦对象”的人物话语 ……………………………… 89
二、“作为聚焦者”的人物感知 ………………………………… 95

第四章　诺曼·梅勒非虚构小说中的创伤叙事价值 ………………… 101
第一节　非虚构小说中创伤叙事的历史价值 ……………………… 102
一、创伤事件的历史见证 ……………………………………… 103
二、创伤记忆的历史补正 ……………………………………… 105
第二节　非虚构小说中创伤叙事的认同价值 ……………………… 108
一、个体记忆与身份认同 ……………………………………… 110
二、集体记忆与文化政治 ……………………………………… 113
第三节　非虚构小说中创伤叙事的美学价值 ……………………… 117
一、历史与小说的融合 ………………………………………… 118
二、历史与记忆的交汇 ………………………………………… 126

结　语 ……………………………………………………………… 132

参考文献 …………………………………………………………… 134

附录 ………………………………………………………………… 150
附录一　诺曼·梅勒生平纪事 ……………………………………… 150
附录二　诺曼·梅勒作品年表 ……………………………………… 153

后　记 ……………………………………………………………… 155

绪论

诺曼·梅勒(Norman Mailer,1923—2007)是美国当代备受瞩目的犹太裔小说家,他一生笔耕不辍,著述颇丰,作品涉及小说、诗歌、戏剧、散文、评论等多种文体,曾获美国国家图书奖、普利策文学奖、波尔克新闻奖等多项殊荣,被誉为"美国最好的战后作家和他那个时代最重要的作家"(Lennon,1986)。作为新新闻写作和非虚构小说的开创者之一,他以独特多变的艺术表现形式,真实记录了美国在第二次世界大战之后所经历的时代创伤。在其非虚构小说中,诺曼·梅勒以反越战游行示威、美国总统竞选和登月行动等时事政治和社会焦点人物为创作材料,书写美国社会矛盾冲突与精神迷茫,动态多样地折射出民族创伤、社会创伤及个体创伤在美国精神文化上的烙印。

20世纪以来,国际政治形势与世界经济格局发生了前所未有的变化,两次世界大战、世界金融危机、科学技术的迅猛发展、局部战争和民族冲突等重大社会历史变革给人类的生产生活和精神思想带来了巨大冲击。面对国际格局的新形势和新局面,反思历史、探寻创伤是思考人类生存与发展的关键,也是推进世界和平对话与交流的起点。在充满战争、冲突、矛盾和苦难的一百年里,世界文学中不乏创伤叙事的历史症候,但从创伤叙事向文化记忆迈进,则需要深入思考如何超越创伤叙事,破除历史线性叙事,融合社会学、历史学、人类学、情报学等多个学科,观照创伤事件中的历史文化表征。

一、诺曼·梅勒及其非虚构小说

作为美国文坛上备受关注的当代作家之一，诺曼·梅勒的创作主题涉及美国政治、经济、社会、科技、文化等多个领域，美国式存在主义思想和多变的艺术风格是梅勒文学创作的主要特征。梅勒在六十多年的创作生涯(1941—2007)中共创作作品四十多部，作品涉及小说、诗歌、戏剧、散文、评论等多种文体，同时他还开创了“新新闻体”和“非虚构小说”的文学形式。非虚构小说在诺曼·梅勒的创作历程中占据着重要的地位，并对他后来的创作风格转变产生了重大而深远的影响。1968年梅勒结合小说艺术构思、想象技巧与新闻报道的特点，创作了第一部非虚构小说《夜幕下的大军》，该作品荣获非虚构小说类的普利策文学奖、波尔克新闻奖和美国国家图书奖。随后他相继创作了《迈阿密与芝加哥之围》和《月球之火》。20世纪70年代后梅勒的非虚构创作转向人物传记，好莱坞影星玛丽莲·梦露、拳击手穆罕默德·阿里和死刑犯加里·吉尔摩、凶杀犯奥斯瓦尔德等都成为梅勒关注的人物。其中1979年出版的《刽子手之歌》为他斩获了第二个普利策文学奖。这种“生活实录长篇小说”的文学形式为梅勒赢得了经久不衰的文学声誉，也成为文学评论家研究的焦点和热点。自20世纪60年代至21世纪初梅勒创作的非虚构小说，贯穿了二战以来美国国内、国际政治、经济和社会发展的多个时期，从不同角度勾勒出其国家社会历史面貌及发展变化趋势。相对完整、自足的整体性研究有助于规避作家作品研究的片面性，展现不同阶段文学作品的创作特征和启示性意义，确保研究的合理性和有效性。

非虚构小说作为一种新的文学形式，兴起于20世纪60年代的美国。在遵循历史事实的原则下，非虚构小说采用丰富的想象和小说虚构的技巧，用文学的语言描写社会事件和历史人物，兼具历史的真实性和文学的虚构性。从狭义上来讲非虚构小说是指新新闻报道，从广义上来讲它是包括新新闻报道、历史纪实小说、传记小说、报告文学等多种文体的文学作品。这种独特的纪实方式不仅能够客观还原特定历史时期社会生活中发生的热点事件，而且能够更广泛、更深刻地再现历史人物及其生活的社会历史环境，折射民族、社会及个人的创伤来源和动态演变过程。本书采用非虚构小说在广义上的定义和分类方法，根据聂珍钊(1989)在《论非虚构小说》中的观点，将非虚构小说分为三种主要类型，即历史纪实小说、传记小说和社会纪实小说。结合上述观点，梅勒的九部非虚构小说可分为社会纪实小说和传记小说两个类型，其中社会纪实小说有三部，分别为《夜幕下的大军》《迈阿密与芝加哥之围》《月球之火》；传记小说有六部，分别为《玛丽莲传》《战斗》《刽子手之歌》《奥斯瓦尔德的故事》《圣子福音》《林中城堡》。

诺曼·梅勒非虚构小说创伤叙事是值得深入研究的课题。首先，见证文学作为创伤文学的一个特定的文类，具有一定的局限性。见证文学对作品的真实性要求较高，只有社会历史灾难性事件的亲历者才能成为创伤的讲述者。根据史料研究和想象虚构出来的文学作品不属于见证文学的范畴。因而见证文学的局限性主要表现在两个层面。其一，在历史事实和创伤经验层面，创伤事件的亲历者与见证者在认知、情感和价值判断上存在差异，创伤记忆的个体性、亲历性和情绪性具有倾向性，故而差异化、多元化的个体创伤记忆易致使见证文学的真实性和准确性难以甄别、考证；其二，在文化记忆层面，见证文学与宏大的历史叙事、国家权威纪实和集体记忆言说相区别，它是从个体的角度见证社会历史的灾难性事件，因此很难有效区分记忆的客观真实性和主观真实性，进而难以在一个群体、民族、国家或是世界的语境中考量创伤、反思创伤。其次，非虚构小说以创伤叙事的形式记录了美国历史上内忧外患、动荡不安的时代。战争带来的身体创伤与精神恐惧、帝国主义文化的推行、经济与科技的高速发展等都对美国社会文化产生强烈的冲击。因此非虚构小说创伤叙事研究能够集中展现20世纪60、70年代的美国的政治历史图景。此外，梅勒的非虚构小说根植于美国特定历史时期的社会现实，作品中包含着丰富的社会文化信息、鲜活的文化记忆和深刻的创伤烙印，为推动创伤叙事的价值研究提供了全新的研究视角，开辟了广阔的研究空间。以诺曼·梅勒的非虚构小说为研究对象，深入分析文学作品中的创伤叙事，是接近历史真相、探寻创伤本源的创新性尝试，同时为反思历史苦难、关注人类存在与发展、探索创伤复原途径提供可借鉴的参考。

二、创伤与创伤叙事

20 世纪以来，美国文学界流行的法国结构主义、符号学、新历史主义、后现代主义等多种新潮批评理论被众多学者采纳运用。多元化的批评理论为梅勒文学研究开拓了新的领域，然而这些批评理论都存在一个共同的问题，就是在语言符号的示意与推演之中，文学创作的主体与客体缠绕相牵，而文本和外部世界的关联、人类存在的价值与意义被忽视，作品中创伤叙事的历史构建和精神追寻价值未得到充分论证。创伤理论的研究视角不仅能够填补这一领域的研究罅隙，而且能够观照作品与社会历史之间的关系，反映作家对人类未知命运的思考和对民族振兴精神力量的求索。

（一）创伤理论研究

创伤一词源于古希腊语，意为外力给人身体带来的物理性损伤。在医学领域，创伤学的研究对象是病理性创伤和暴力事件对人类身体造成的损伤，而创伤在文学界则泛指不幸遭遇所形成的创伤性感受、体验和人生经历等。1980 年美国精神病学协会颁布的《精神障碍诊断与统计手册》首次正式收入“创伤后应激障碍”（post-traumatic stress disorder，PTSD）词条，1992 年世界卫生组织出版的《国际疾病分类》（*International Classification of Disease*，*ICD-10*）将创伤事件描述为特别具有威胁性和灾难性的事件，例如杀人、拷打、性强暴、不幸事故和自然灾害等，上述事件均可能使人产生弥漫性的悲痛。1996 年美国精神病协会出版的《精神疾病诊断准则手册》第四版中，将创伤定义为亲身经历和亲眼看到涉及死亡、严重伤害和威胁的事件，并令人感到恐怖、反感或无助。随着创伤理论研究在文化、心理、种族、社会和历史等领域的不断深化、细化，目前创伤研究已成为阐释历史文化认知、公共政治话语和人文精神关怀的重要理论依据。

从19世纪末到21世纪初，创伤理论研究大致经历了四个阶段：弗洛伊德心理创伤理论、后弗洛伊德心理创伤理论、种族和性别创伤理论以及创伤文化理论。弗洛伊德心理创伤理论主要集中在个体心理创伤、客体关系、心理和文化创伤三个方面，其研究重心经历了三次位移：从受压制的个体无意识转到自我心理空间，再转向创伤自我与认同客体的扭曲关系，最后转向文明、宗教、历史中隐匿的暴力和创伤。弗洛伊德对创伤类型、社会根源、心理症候和心理机制的研究分析，为此后的创伤研究奠定了坚实的理论基础。20世纪60、70年代后，弗洛伊德心理创伤理论大致分为两派，即秘穴与代际间幽灵理论和过渡客体理论。过渡客体理论和转换客体理论在研究性侵犯、家庭儿童施暴、创伤的代际间传播等儿童创伤上作出了卓越贡献，并为不同性别、种族、文化之间的暴力和创伤研究提供了跨文化的独特视角。其后，后殖民种族创伤理论超越了弗洛伊德主导的欧洲白人心理创伤理论，从身体、社会、文化和历史的起源角度论证了殖民主义、种族主义给白人施暴者和黑人受害者双方造成的种族创伤。20世纪80年代，创伤研究从精神病临床实践、性别、种族和战争等公共政治话语领域，转向文学、哲学、文化研究和批评理论等人文领域。

从理论演进和发展脉络上看，创伤研究与历史事件密不可分，两次世界大战为20世纪打上了创伤的烙印，越战士兵的“创伤后应激障碍”和犹太人大屠杀运动推动了创伤研究的发展。随着研究的深入，创伤研究与心理学、精神病学、历史学、哲学、社会学以及文学等多个学科交叉融合，并从不同视角扩大研究范畴，逐渐与日常生活中的性暴力、虐待和爆炸性事件相关联。历史学科中的“记忆”转向、临床心理学的实证研究、精神分析的政治学以及解构主义思想都对文学创伤理论的发展产生了重要的影响。继米歇尔·福柯和伊恩·哈金的政治学研究之后，法国社会学家莫里斯·哈布瓦赫于1992年在《集体记忆》中重申“集体记忆”这一概念，将创伤研究的关注点由记忆的生理结构转向影响记忆整理的社会文化构架。他认为记忆不是个人的，人们从社会生活中获取记忆，也只有在社会里才能回想、识别和还原他们的记忆。文书通过对事件的固化促进社会集体记忆的构建，集体性记忆由此成为了政治结构的一部分，并生产出与特定群体利益相一致的叙事。此后，杰弗里·哈特曼创造了“公共记忆”这一术语来替代集体记忆，他强调权力机构在公共记忆构建中的作用，认为权力机构所推崇的正史，会依据当下的时局需要描述创伤事件，去除破坏性和混杂性的因素。1995 年凯西·卡鲁斯在《创伤：记忆的探索》中指出创伤研究与文学批评之间的共鸣，并在序言中将创伤描述为“深刻的历史危机”。她认为，现代小说中破碎的叙事结构和错位的时间结构与历史危机和战后的文本语境相契合。此外，她还提出创伤不是病理学上语义的错乱和错位，而是历史本身。同时她还强调创伤主体承载着不可诉说的历史，见证着过往悬而未解的争议。2006 年，在杰弗里·欧里克和德梅特里奥·卡瑞斯的著作《记忆、历史和世界政治》中，十一位著名学者一致认为创伤与记忆和世界政治密不可分。由此可见，跨学科研究方向主张打破线性历史叙事的传统模式，通过创伤叙事对创伤事件、创伤经历和创伤感受进行多维叙写和立体表述，综合考量历史学、社会学、宗教学等多学科历史，特别是对战争纪实资料、亲历者及见证者的讲述以及历史文献的重新发掘，真实还原社会历史背景和人类生存状况，关注时代创伤和精神困境。

（二）创伤叙事研究

叙事学是在形式主义和结构主义的影响下诞生的。结构主义语言学家索绪尔认为语言学研究应由历时语言学研究转向共时语言学研究，注重语言符号系统内部的结构框架和要素关系研究。在此理论基础上，结构主义叙事学将研究的重心由文本外部转向文本内部，强调叙事作品的内在结构以及各要素之间的关联。1969 年法国学者茨维坦·托多罗夫在《〈十日谈〉语法》一书中提出叙事学（narratologie）一词。自此之后，叙事学逐步发展成为一门以叙事作品为研究对象的学科，并为文本分析提供理论体系和研究方法。作为研究叙事作品的理论，叙事学可分为“经典”与“后经典”两个不同派别。“经典叙事学批评以文本为主要研究对象，旨在建构叙事语法或诗学，对叙事作品之构成成分、结构关系和运作规律展开科学研究，并探讨在同一结构框架内作品之间在结构上的不同。后经典叙事学将注意力转向了结构特征或与读者阐释相互作用的规律，转向了对具体叙事作品之意义的探讨。”（赵一凡等，2006）[726]

在后经典叙事学的影响下，20 世纪 90 年代后文学叙事研究与创伤研究紧密结合，进而转向社会文化研究领域。创伤叙事文学的发展及文学作品中创伤叙事的研究得力于现代心理学，尤其是创伤心理学的迅速发展。通过案例实证研究，皮埃尔·詹尼特认为创伤记忆与反映生活某一侧面的通常记忆不同，无法与其他经验融合。创伤记忆还具有耗时长的特征，在特殊条件下能够自动地在原初的创伤情境中被唤起。受詹尼特研究的启发，弗洛伊德发展了创伤理论，认为创伤重复的动力来自压抑，患者不能认知，无法记忆那些引起大脑兴奋和想象的内容。由于记忆受阻，创伤经历不能得到重复，由此使创伤记忆与意识产生分裂。在《无主的经验：创伤、叙事和历史》中，凯西·卡鲁斯定义创伤为：“在突然的或灾难性的事件面前，（个体原有的）经验被覆盖，对这些事件表现出的反应通常是延迟的、以幻觉和其他侵入（意识）的现象重复出现的且无法控制的。”与此同时，卡鲁斯指出创伤具有不可把控性和重复性，“总体上来讲，创伤是对意料之外的或过于强大的暴力事件的回应，或者当这些事件发生时，无法得到完全把控，但在此之后，却通过重复性的回放、梦魇或其他形式的重复性现象而不断地回归。”（Caruth，1996）[91]此外，格雷格·弗特也曾强调过创伤主体的“不在场”，指出创伤是“过于强大的事件，并且不能被同化，以至于自我只能通过从对该事件的直接体验之中的缺场进行回应。于是，创伤（在主体中）只能存在于自我‘不在场’的缝隙之中。由此，其会不由自主地迸发到意识中，但形式并非是可以讲述的故事，而是以侵入的、滞后的经验和非时间性的记忆碎片的形式（闪回、梦魇、图像踪迹等）出现，只要它们没有被扬弃为传统的线性叙述形式，它们就是‘忠实于’创伤性事件的。”（Forter，2014）[70]巴塞尔·范德考克和奥诺·范德哈特(1991)也曾表述过相似的观点,当创伤主体遭遇创伤时,通常会经历一种"无言的恐惧"(speechless terror)。因为这一创伤超出了创伤主体的认知和经验范围,所以创伤无法被理解或用言语进行表达。与上述观点不同,朱迪斯·霍尔曼(1981)认为创伤记忆本就是"无语静默的",进而肖莎娜·费尔曼等学者提出,由于创伤经历的伤害性和破坏性极大,造成了创伤主体"声音、知识、知觉、理解力、感受能力和说话能力的失去"(Felman et al.,1992)[231-232]。综上所述,针对创伤的"不可言说"研究,学者大致持有以下两种不同观点:其一,创伤记忆因创伤经历受阻,创伤事件、事发环境及亲历者的参与过程无法真实完整地再现;其二,创伤经历所带来的冲击巨大,超出了承受者的认知和经验范围,由此导致语言表达能力的减弱和创伤叙事的困难。

21世纪初,随着研究方法的多元化,"不可言说"阶段的单一理论模式与批评实践受到质疑与批判,文学创伤理论的研究领域不断得到拓展,并呈现出多元化的创伤观。2000年,露丝·莱斯在《创伤:一种系谱学》中指出,卡鲁斯的创伤研究模式"抹杀了受害者与作恶者之间的区别"(Leys,2000)[123]。2003年,理查德·麦克纳利在《记住创伤》中质疑了创伤记忆不能用语言来表达的观点,并通过研究证实"创伤受害者不仅能记住,也能详细描述他们的创伤"(Mcnally,2003)[421]。麦克纳利的论点否定了卡鲁斯创伤理论研究的临床心理学基础,质疑经典研究模式的合理性。在此基础之上,2014年佩德森提出了一种新的文学创伤批评策略与方法,他主张"从事文学创伤研究的批评家应该将他们的关注点由文本的空缺转向文本本身"(Pederson,2014),并强调叙述细节的证据和经历描述,认为创伤事实可能会加强创伤记忆,而非阻碍或抹去它。此外,以斯德弗·克拉普斯为代表的学者从文学创伤理论的整体着手,批判了卡鲁斯的经典创伤模式,认为目前的文学创伤理论与批评忽视了创伤的差异性及其相关的历史文化背景。

为了通达创伤主体的内心世界，获取或去接近创伤性事件的“真实”，费尔曼等在《见证：文学、心理分析和历史的见证危机》中强调疗治性过程就是“建构一种叙述的过程，就是重构一段历史，从根本上来讲，也就是事件的外在化过程”(Felman et al.,1992)[69]。然而，“创伤性事件尽管切实存在，却发生在‘常规的’现实之外，因果关系、先后次序、地点和事件都无从谈起。因此，就创伤而言，这里没有开端、没有结尾、没有清晰的过程，一切都在一片混乱中。无法用既有的范畴来对其进行确认，正是由于这一点，创伤叙事超越了联想、理解、重述的范畴，他者性、凸显性、永恒性和无所不在性成为其特征，这使其超越了可通过联想而关联起来的范围，同样在可被理解、重述和把控的领域之外”(Felman et al.,1992)[69]。卡鲁斯认为创伤是历史的“症候”，“如果创伤后应激障碍必须被理解为一种病理性症候，与其说它是无意识的症候，不如说是历史的症候。也许可以这样讲，遭受创伤者的内部承载着某种不可能的历史，或者说他们自身已成为历史的症候，而这一历史是无法完全被他们自身把控的”(Caruth,1996)[5]。卡鲁斯还强调，“当事件发生时没有得到完全认知，正是在此意义上，它才具有指称性意义，历史成为创伤的历史，说的也就是这个意思；或者换言之，正是在其(创伤)发生时的具体情形的无法接近性之中，历史才能够被把握。”(Caruth,1996)[18]因此，创伤叙事文学不仅能够回应历史、介入社会、重申现实相关性，还能够通过阅读和见证去理解他者，反思自身和自身所在的共同体。

本书的论述主题“创伤叙事”沿用李桂荣关于创伤叙事的概念，即“创伤叙事是对创伤者所经历的身体、心理的创伤记录、描述和再现，是对创伤事件、创伤经历、创伤病症、创伤感受等的艺术再加工。”(李桂荣,2010)[44]书中的“创伤叙事”特指文学性创伤叙事，是文学作品中的创伤叙事。叙事的主题涉及人类社会发展进程中的历史真实事件对个体造成的身体或心理创伤和社会思潮、文化运动给人带来的心理创伤及精神困顿。诺曼·梅勒非虚构小说创伤叙事研究是基于诺曼·梅勒非虚构小说中以创伤为主题的叙事研究，其中的创伤叙事主题源于美国特定历史时期战争、极权统治、社会变革和文化思潮给人们的身体和心理带来的重创，分别表现为民族创伤、社会创伤和个体创伤。诺曼·梅勒的非虚构小说融合了新新闻体和小说两种文学形式，其中的创伤叙事具有连通历史、通达内心的文学价值，因而本书是基于特定类型文学作品的研究，是对创伤叙事在历史建构和精神追寻层面开展的一次创新性探索。

第一章

诺曼·梅勒非虚构小说中的创伤叙事内容

诺曼·梅勒因1948年出版的长篇小说《裸者与死者》声名鹊起。他是小说家、新闻记者、社会活动家和电影制片人，丰富的社会阅历和人生经历让他对美国社会、政治、文化和科技有着独特的见解。他的创作体裁不拘一格，其小说、文学批评、报告文学、戏剧等蜚声美国文坛，然而给他带来巨大成就和广泛认可的却是非虚构小说。1968年，梅勒的《夜幕下的大军》同时获得普利策文学奖和美国国家图书奖，1979年其非虚构小说《刽子手之歌》再次斩获普利策文学奖。之后梅勒创作的《月球之火》《玛丽莲传》《奥斯瓦尔德的故事》等也引起了文学批评界的广泛关注和热议。因而芭芭拉·郎兹伯里认为梅勒是一位“史诗散文的艺术家”(Lounsberry，1990)[139]，并指出梅勒“直到创作非虚构小说时才找到了属于自己的声音”(Lounsberry，1990)[197]。美国后现代文学理论家伊哈伯·哈桑(1973)也在《现代美国文学1945—1972》中表达过相似的观点。

非虚构小说超越了传统的历史叙事模式，模糊了历史与小说、真实与虚构的边界，琳达·哈钦认为这是一种“使读者认识历史所指的独特本质的主要方式"(Hutcheon,1988)[89]。非虚构小说中的创伤叙事一方面在形式上革新了历史表征的方式,颠覆了历史的唯一性和纯正性,另一方面从多个维度见证了美国特定时期的时代创伤,表达了作者对美国国家发展、民族振兴的深切关注,体现了作者积极反思社会历史创伤根源、探索国族复兴道路的社会责任感。

第一节　观照现实:历史的梦魇

20世纪后半叶,美国经济发展迅猛,国际政治局势和美国国内社会生活发生了前所未有的变化。越南战争、古巴导弹危机、猪湾事件等重大政治历史事件致使美国的海外扩张行为广受国际社会指责和批判;与此同时,美国国内此起彼伏的反越战游行示威、反文化运动、校园暴力事件等激化了社会矛盾和种族冲突,美国深陷内忧外患、政局动荡的历史泥潭。

在这样的社会历史背景下,众多作家纷纷开始关注美国的社会现实,积极参与社会文化活动,以笔为戈抨击社会问题,正如菲利普·罗斯所说的那样,"许多美国现实使他们变得麻木、恶心、愤怒,最终致使他们陷入一种尴尬的境地"(Roth,1961)[120]。面对第二次世界大战、原子弹爆炸等事件,20世纪40、50年代的文学界鲜有作家直接切入创伤主题,而是借助多样的文艺形式,例如恐怖电影、科幻小说和连环画等抒写内心的焦虑与不安。战后文化的潜在影响致使50、60年代的作家置身于极端的时代环境,他们转变创作风格,探索创伤所带来的恐惧、仇恨和绝望。1951年杰罗姆·大卫·塞林格创作的《麦田里的守望者》展现了少年霍尔顿·考尔菲德内心的愤怒与焦虑,作品中充斥着绝望的天真;1955年美国"垮掉的一代"诗人艾伦·金斯堡在旧金山的朗诵会上发表长诗《嚎叫》,向危险境遇发出尼采式的挑战;1959年自白派诗歌创始人罗伯特·洛威尔在《人生写照》中揭露个人经历,直接、全面地表达自己在家庭生活、精神世界经受的痛苦与折磨。

与上述作家相同,诺曼·梅勒深受左翼激进知识分子的影响,自称为"左翼保守分子",主张批判美国的政治制度,探索新型的文化运行模式。他在《为我自己做广告》中写道,“由于被战争、繁荣富足和从众心理所打垮,我们前辈当中的精英已经变得麻木不仁,沦为一些思想机器,而那一代人当中的末流之辈简直就是一些爱骂街的颓废泼妇,他们整天人云亦云地谈论着一般家庭主妇所关心的俗事——不过是些依靠心理分析进行劝诱、为人陈腐而无聊的中产阶级认识,他们崇尚温和、妥协、委员会以及议而不决之类自欺欺人手段,或者更糟糕,转而推崇过去。”(伯科维奇,2011)[265]作为美国二战后持续关注国家政治和社会现实的作家之一,梅勒与楚曼·卡波特一同开创了新新闻体的写作风格,真实记录美国政治历史和社会文化生活中的重大事件和焦点人物,展现人们经历的时代创伤和精神困境。梅勒认为,二战后的美国正在趋向一种新的法西斯主义——“极权主义”,“作为一种现代生活中的灾难,极权主义曾作为政治崇拜出现在纳粹德国,作为意识形态神经质出现在苏联,而它进入美国社会时已经没有了政治含义。在美国,一个自由人有可能是极权主义者,也有可能是保守主义者、激进主义者、右派、狂热分子。”(Mailer,1963)[200]也就是说,二战后的极权主义已从简单的独断专制、非人道权威转化为“极权政府和它的代言人通过军事、政治和科技等外部机制,控制被玩弄于股掌之间的、丧失了自我身份和独立意识的机械的和无生命力的、墨守成规的、梅勒所谓的‘集体人’或‘乌托邦人’”(谷红丽,2009)[80]。小说《夜幕下的大军》《迈阿密与芝加哥之围》《月球之火》正是通过多维度的视角对反越战游行示威、美国总统竞选和阿波罗登月行动进行细致描写,还原美国20世纪60、70年代人们的生存状况和精神困境,揭示极权主义在政治、科技和社会文化层面对人性的控制与摧残。

一、反战游行

诺曼·梅勒的非虚构小说《夜幕下的大军》出版于1968年,时值美国极权主义盛行、反战浪潮高涨的动荡时期。20世纪50年代麦卡锡主义盛行,美国深恐共产主义会对其造成威胁,反共的热潮促使美国对越南的觊觎逐步演变为一场国际利益的争斗。与其说越南战争是一场军事战争,不如说它是一场政治战争。米歇尔·福柯曾在访谈中指出话语与权力的关系，“如果没有话语的产生、积累和流通作用，这些权力关系是无法自我建立和巩固的，也不可能发挥什么作用”（福柯，1997）[228]。越南战争时期，美国政府利用权力遮蔽战争的本质，构建对话语的霸权地位和运行机制。美国国家安全委员会先后出台《美国对于印支的立场》和《美国在东南亚的目标和行动计划》，以期阻止共产党的扩张，保全美国的安全利益。20 世纪 60 年代，肯尼迪政府号召年轻一代继承祖辈开疆扩土的传统，发扬美国精神，为国效力。1960 年 11 月，约翰·肯尼迪采取介入越南战争的政策，以“开拓新边疆”的口号迅速将美国青年的爱国热情和理想抱负转变为拯救越南，维护国家利益的历史使命。1964 年，继任总统约翰逊继续支援南越，对北越实施海上进攻，并积极在全国范围内掀起参战的热潮。1967 年 4 月，美国人民的反战情绪日益高涨，二十五万人在纽约集会并组织了大规模的反战游行示威活动。同年 10 月，在动员同盟委员会的组织下，美国再次爆发反越战游行示威活动，诺曼·梅勒应邀参加了这次声势浩大的示威活动并被捕入狱。

在小说中，美国政府与反越战游行示威者对越南战争各执一词，动员同盟委员会先后与哥伦比亚特区华盛顿园林警察局、公共设施服务部举行多次会谈，谈判双方多次因基本立场和态度而陷入僵局，示威者们立场明确，态度坚定，“我们的国家正在进行着一场骇人听闻的战争，所以我们将以最大的阵容来破坏集会法，以抗议这场难以容忍的战争。”（梅勒，1990）[254]另一方面，美国政府宣称，“这场战争对于维护国家的安全是完全必要的，但是由于我们有言论自由和表示不同意的自由的传统，我们将允许你们进行抗议活动，只是它不能危害社会秩序。”（梅勒，1990）[255]由此可见，美国政府利用“维护国家安全”的噱头，将支持越战与爱国主义等同起来。极权主义通过意识形态和社会认知制造舆论压力，掌控示威群众的心理。为减少示威游行者动用暴力的潜在因素，美国国会授予哈里·范·克利夫政府设施管辖权，在谈判中就集会时间、集会场地和游行路线等各个环节进行协商。政府在谈判中提出的要求琐细冗余，对游行活动的集会时长、行进速度、演讲会位置进行了严格的管控与限制。从时间层面上看，示威者进入五角大楼前草坪演讲的时间被限制在午后四点，返回纽约的交通工具将于五点停运。交通限制不仅在一定程度上控制了参与游行示威的人数，而且严格限制了游行示威的起止时间。从地理位置来看，政府要求将集会地点从距离五角大楼一百码左右的草坪变更为将近一千码开外的北停车场。距离能够有效阻隔暴力游行对五角大楼的破坏，并从视觉视角抑制情感冲动和暴力企图。从行进路线来看，动员同盟委员会提出通过华盛顿大街或杰佛逊·戴维斯公路，然而政府却要求游行队伍穿过狭窄偏僻的邦德里街，以此消磨示威者的体力和斗志。

游行示威前，在与动员同盟委员会的谈判中，美国政府已在政策法规和规划细节上占据绝对优势。以维护政府利益和美国形象为目的，美国国会还在舆论操纵、武装筹备和残暴压制等方面做出了周密部署。美国政府运用意识形态国家机器操纵媒体的行径，具有极大的欺骗性和隐蔽性。临近游行前的四十八小时，各报社论纷纷警告示威者要坚持和平游行示威，“如果示威者效仿那些蓄意把这次集会变成暴乱的极端分子，那他们就背叛了自己的理想”（梅勒，1990）[259]。此外，华盛顿的报纸头版谎称示威大军已到达五角大楼，捏造嬉皮士的荒诞行为，甚至杜撰示威游行的计划。美国政府通过对国家武装力量的调遣与部署，实现对反战游行示威的警戒控制和武装压制。在警力部署方面，美国政府除了调集华盛顿的两万驻军之外，同时调用都市警察、华盛顿哥伦比亚特区的国民警卫队、美国法区警官、政府卫队和园林警察在五角大楼及周边地区进行巡逻，北卡罗来纳的第八十二空降师、加利福尼亚和得克萨斯州的宪兵部队以及佛罗里达、纽约、亚利桑那等州的法区警察也披坚执锐、严阵以待。在与示威者的对峙中，军队使用催泪瓦斯驱散人群，并采取随意逮捕的行动，在心理上消除“个人英雄主义”动机，在实际行动中破坏示威者的计划。随后，僵持不下的游行示威活动遭到“楔子”行动的暴力压制，成楔子队形的军队用刺刀和枪柄开道，以妨碍军队行进的罪名殴打示威者，迫使其离开游行的广场区域。动员同盟委员会指责士兵们的行为违背谈判协议，然而却无法扭转混乱不堪的“群众聚会”的定局。由此,束手无策、进退维谷的示威人群逐步进入消极抵抗状态,最终整个游行示威活动以政府的抓捕行动告终。此后,媒体与报界对反战游行示威行动寻弊索瑕,示威者被描写成颓废派、垮掉的一代,受到媒体的严厉抨击和强烈谴责。持续三十二小时的反战示威行动从美国政府欺骗性的谈判开始,以一千多人被捕的结局告终。极权统治操纵新闻报道的舆论导向、违背法律随意抓捕并采用暴力方式攻占示威集会的合法区域,上述举措从不同维度体现出了极权主义对自由集会的牵制与约束。同时,失去自主地位的主流媒体成为美国政府的传声筒,假借爱国主义之名粉饰战争,以国家安全利益掩饰罪恶,而深陷其中的人沦为战争的工具性存在,丧失了人的根本伦理道德。

二、总统竞选

20 世纪 60 年代,美国内政外交遭遇空前危机,越南战争、古巴导弹危机、猪湾事件、肯尼迪遇刺事件等使美国民众尤其关注社会生活和国家命运。1968 年底越南战场发生重大转折,北越发起了战略反攻,越南战争成为美国政府面临的重大危机,惨重的战争代价和高涨的反战浪潮将美国推向内忧外患的境地,国内要求政治变革的呼声此起彼伏。1963 年 11 月 22 日美国第三十五任总统约翰·肯尼迪在得克萨斯州达拉斯的广场遇刺身亡,1968 年 4 月 4 日黑人民权运动领袖马丁·路德·金在田纳西州孟菲斯市遭遇暗杀,声势浩大的民权运动、工人运动和游行示威使美国政府的地位岌岌可危。迫于压力,美国总统林登·约翰逊下令停止对越南的轰炸,并主动放弃民主党提名,支持副总统休伯特·汉弗莱参加竞选。经过在暴力与动荡中的角逐与较量,1968 年 11 月 5 日美国总统选举结果揭晓,共和党总统候选人理查德·尼克松以三百零一票当选美国第三十七任总统,民主党总统候选人休伯特·汉弗莱和独立党总统候选人乔治·华莱士分别以一百九十一票和四十六票落选。

小说《迈阿密与芝加哥之围》以历史纪实的方式详实记录了 1968 年美国总统选举的整个过程和芝加哥民众举行的游行示威活动。作者分设“尼克松在迈阿密”和“芝加哥之围”两个章节，以竞选见证者和游行参与者的身份，细致描述了美国总统的竞选场面和游行示威的活动场面，并深入剖析隐藏在宣传策略、政治活动和暴力镇压中的极权主义暗流。就宣传策略而言，“政治就是财富”是作者在小说中对极权主义的精炼表达，不仅揭露了政治的本质，同时也表现出人的本性。在共和党总统候选人的提名人选中，纽约州前州长洛克菲勒是尼克松最为强劲的竞选对手。出生在石油世家的洛克菲勒是共和党温和派的代表，他不惜花费巨额钱财通过演讲、电视、报纸和广告等多种媒体途径，宣扬其政治观念和哲学思想。1968 年 8 月 4 日下午，洛克菲勒在接受电视采访之后，包机参加集会，租赁游艇供代表聚会，并邀请纽约州代表团参加晚宴。据《时代周刊》杂志报道，洛克菲勒于次日下午五时至七时，花费近五万美金免费接待八千人聚餐，同时开放八间酒水吧，十六张自助餐桌上摆满令人馋涎欲滴的食物，“数以千计的杯子盛满冰块，虾仁鸡尾酒酱已准备就绪，碗装的肉丸、火鸡、火腿、牛肉、肉冻、奶油松饼、香肠培根卷、鸡肝、肉酱、鱼子酱、松脆饼、环形软糖和大蛋糕……”(Mailer，1968)[33] 作者借由进餐者眼中的愉悦，表达出自己对宴会奢侈铺张场面的指摘，同时洛克菲勒家族的行事风格也凸显出其昭然若揭的政治野心。洛克菲勒希望通过对近半数迈阿密民众的慷慨款待，展示其共和党服务公众的意识和家族集团不凡的财力，由此获得代表们的信任与支持，干扰、控制代表们的投票意愿，以实现自己的政治企图。相比之下，尼克松的欢迎仪式远不及洛克菲勒热烈，仅有六百人在希尔顿酒店入口处夹道欢迎，次日召开的记者招待会，出席人数不到三分之二。尼克松在宣传演说、欢迎仪式和接待方式上的谦逊亲民，为联合争取南方代表，击败罗纳德·里根做好了充分的策略准备。取得共和党总统候选人竞选胜利之后，尼克松提名默默无闻的马里兰州州长斯皮罗·阿格纽担任副总统，党内人士和广大支持者对此决策颇为震惊，“绝对忠诚”的副总统既无法在思想意识的影响力上与尼克松抗衡，又在一定程度上协助尼克松履行了对南方代表的承诺，权力从党派组织的总统选举转化成尼克松个人的“挑选”和“补偿”。综上所述，权力的行使主体由政党和集体转变为个人，极权政治的表现形式由具体公开的操纵转化为抽象隐蔽的利用，极权主义的运行模式也由强权控制的措施转变为合法公正的权谋。

以美国民主党全国代表大会为视点，约翰逊政府对政治活动的控制无处不在。民主党全国大会执行严格的门禁制度，电视、新闻、广播和杂志的工作人员仅被授权使用部分通道，参会代表与记者严禁在大会期间四处走动，以此将新闻媒体的采访对象有效地限定在特许的范围之内，其中新罕布什尔州的代表因尾随记者，遭到门卫的殴打。然而令人难以置信的是，就餐处的刷卡记录证实记者参会人数与持有入场通行证的代表人数基本接近。由此可见，美国政府一面借助数据对外宣称大会广泛接受新闻媒体的舆论监督，树立民主自由的国家形象；另一方面则通过门禁制度、授权管理和会议制度等方式限制记者的活动范围和采访对象，全力维护国家政府对大会的监视与操纵。此外，克里斯韦尔、戴利和弗兰等人也是约翰逊政府实现权力操纵的重要途径，大会主席卡尔·艾伯特根据戴利市长"亲信"的信号发出大会指令，乔治亚州代表在完全不知情的情况下被取消投票资格，各个州代表的话筒音量亦受到相应的控制，"伊利诺伊州、田纳西州、密歇根州、俄亥俄州以及汉弗莱支持者的话筒音质清晰，而纽约州、威斯康星州、加利福尼亚州的话筒音量较小"(Mailer，1968)[166]。

1968年8月17日，获得民主党总统候选人提名的乔治亚州州长莱斯特·马多克斯在发表演讲时，主张"守法公民的人身安全应优先于违法公民得到保护"(Mailer，1968)[134]。作者就此深入探讨"政治就是财富"这一观点，进而揭露"财富关系受法律保护，即便是财富占有亦可合法实施"(Mailer，1968)[134]。经调查，聚集在芝加哥街头、挑衅大会规则的违法公民多为"社会主义者"和"存在主义者"，他们空有满腔热情和"道德财富"，却未能在政治上获得任何形式的财富关系。由此推理，为维护美国政府的权威利益，保护守法公民的政治权利，游行示威者便顺理成章成为警方暴力镇压的合理对象。据9月5日《村声》杂志报道，四位力壮身强的警察围殴一名十七岁少年，善意施救的红十字会医生遭到毒打；警察方阵袭击无辜民众，妇女、记者与年轻的麦卡锡积极分子无一幸免;四名警察不顾弗雷德·达顿的呵斥阻止,追逐殴打一位惊魂落魄的少年。示威人群中的便衣警察突袭抗议者,四名警员迅即阻挠记者拍照取证。"警察逐步分散、驱赶示威人群。他们将人们追入公园,推倒在地,用力猛击;他们切断密歇根大街和巴尔博大街的交叉路口,像剃刀推着头发一样疏通一条条路线,调动新的警力纵队驱散人群,棍棒相加,各个方向,逐条清理。"(Mailer,1968)[177]美国政府的暴力镇压罔顾示威者集会的合法性,无视民众的抗议诉求。他们预先调配充足警力装备,周密布控游行路线,精心谋划镇压策略。警察沦为极权主义的施暴武器,新闻媒体被迫杜口裹足。暴力镇压芝加哥游行示威活动是极权主义对自由和人性的践踏,选择性维护部分"守法"公民的利益和权利,他们的行为将进一步加剧国家危机、社会恐慌和个体焦虑。

三、登月行动

诺曼·梅勒的小说《月球之火》出版于1971年,真实记录1969年7月美国载人宇宙飞船阿波罗十一号在土星五号火箭的助推下发射升空、宇航员登陆月球考察并成功返回地球的整个过程。20世纪60年代初,美国第三十四任总统艾森豪威尔曾提倡筹划新一代航天计划接替水星计划,美国国家航空航天局由此启动阿波罗计划并开展可行性研究。热衷太空探索的肯尼迪于1960年11月当选美国总统,但因太空探索前景不明且耗资巨大,肯尼迪并未给予登月计划大力支持,仅同意加大对助推器的研发工作。1961年4月12日,苏联宇航员尤里·加加林驾驶东方一号成功驶入太空,这一举动刺激了美国,使其加大在航空航天领域的研发力度。1961年5月25日肯尼迪发表演讲,要求在60年代末实现美国宇航员的登月计划。为实现载人航天飞船的飞行和月球实地考察,美国政府从1961年到1972年斥资三十亿美元组织实施阿波罗计划。这一月球探测计划始于1961年5月,至1972年12月第六次登月成功结束,历时十一年,进行了十一次载人飞行任务,在世界航天史上具有划时代的意义。《月球之火》纪实性报道了阿波罗十一号飞船在美国佛罗里达州的肯尼迪航天中心点火升空,美国宇航员尼尔·阿姆斯特朗、巴兹·奥尔德林和迈克尔·柯林斯驾驶着阿波罗十一号宇宙飞船成功完成第六次载人飞行，实现人类首次登陆月球，并进行月球实地考察的历史性事件。

1967年1月27日18点31分，升级的土星一号助推器二〇四号在肯尼迪航空中心第三十四号发射架上起火，致使宇航员基尔·格里森、爱德华·怀特和罗杰·查尔菲在大火中丧生。阿波罗项目由北美航空公司承接，据该公司调查委员会调查，“无意暴露的电线”“纯氧环境”“未经检测的防火材料”都可能是火灾的直接诱因。然而，美国国家航空航天局的调查结果却与北美航空公司递交的调查报告大相径庭，调查结果表明“工程质量不符合标准和规范：产品制造差异大、无操作目标、产品废品率高、无检测标准，一百一十三条工程指令未得到执行，六百三十二条工程指令执行滞后”（Mailer，1971）[160]。美国国家航空航天局和北美航空公司同为美国航空航天业首屈一指的公司，但在政治背景、经济地位和行业影响力等方面存在较大差异。首先，负责调查起火原因的调查委员会委员虽由美国国家航空航天局推选，但在调查过程中仍有部分委员被指控未能客观公正地评估问题、反馈情况，他们为维护北美航空公司在航空航天制造业的口碑和形象，“掩饰”了起火的真正原因。究其原因，调查委员会在一定程度上受到北美航空公司的操控与干涉，调查委员会罔顾三名宇航员无辜牺牲的惨重代价，无视事故造成的巨大经济损失，其失职渎职的行为不仅是极权主义在政治心理上的极致表现，也是对个体生命的公然藐视。其次，“大公司在高层具有极大的影响力”（Mailer，1971）[160]，民主党罗伯特·贝克正是北美航空公司背后政治权力和经济利益的代表，政治家的航空利益链成为操纵调查委员会的隐形力量。据1963年美国参议院规则委员会调查，北美航空公司在获得“价值三十亿的阿波罗项目”后，与罗伯特·贝克经营的自动贩卖机公司签订合同，每年为其带来“将近一百万美元的收入”（Mailer，1971）[161]。此外，担任科学技术与航空委员会主席的参议员罗伯特·贝克利用权力，举荐自己石油公司的董事詹姆斯·韦伯成为美国国家航空航天局的最高主管。因此，即便由美国国家航空航天局一百九十位专家构成的委员会认定马丁公司在技术方法、技术资格和行业资质上比北美航空公司更胜一筹，詹姆斯·韦伯与美国国家航空航天局另外两名代表依然决定驳回评定结果，选定“综合排名第二，评分为6.6”(Mailer,1971)[161]的北美航空公司承接阿波罗项目。由此可见，美国政府的极权主义已深入政治、经济、科技和社会的各个层面，极权政治不仅操控着社会经济与国家科技的发展，同时还利用资本的运作模式不断壮大自身经济实力，巩固其行业垄断地位，而科学研究的发展与人类生命的价值则沦为极权政治的牺牲品。

随着美国资本主义的发展，许多行业涌现出巨型公司，这些公司占据着统治地位，不仅拥有雄厚的经济实力，而且还对国家的经济发展、政治民主起着举足轻重的作用。由巨型公司控制的资本主义成为当代资本主义的新形态，公司资本主义理性而系统地追逐利润，将“巨额利润与庞大的服务体系”(Mailer,1971)[170]融为一体。一改老牌资本主义唯利是图的赤裸行径，公司资本主义打着理性的旗号，追逐公司利益。从表面上看，巨型公司旨在“消除世界矛盾，解决人类困惑，减少病菌侵害，压制对立意识形态，消除非理性管理”(Mailer,1971)[170]，实则操纵国家政治、经济命脉，利用科学技术限制人类的自由与权利。“美国在越南战场受挫，约翰·肯尼迪与马丁·路德·金遇刺，林登·约翰逊下台”，国内外政治局势发生重大变化，“美国各大高校纷纷掀起变革运动，军需产品公司被迫退出高校研究机构”(Mailer,1971)[173-174]，工业发展一度受阻，经济形势不容乐观。美国国家航空航天局在这样的政治背景和经济形势下，继续启动“阿波罗十一号”计划，以期在20世纪60年代实现登月计划。通过航空合同，公司资本主义将合作的力量凝聚起来，航天局“数以万计的工作人员”和“各个公司”肩负起一个共同的“神圣使命”。凭借组织机构和管理制度的保障，公司资本主义完成与公司项目的对接，“以合作取代竞争，以理性代替争夺”(Mailer,1971)[172]。虽然巨型公司的运行模式为人类提供了安全稳定的工作，但与此同时也剥夺了人类的个性与自由，并使其陷入沉重的“孤独与痛苦”之中。在作者看来，美国国家航空航天局的工作人员身上自带一种“月球的气息”，他们不愿去公司餐厅吃午饭，选择独自就餐；他们拒绝与人交谈，刻意躲避“人际交往和个性碰撞”，心无旁骛地钻研“物理学与工程学的交叉问题”，专注于科学技术的研发和“细小进步”。与休斯顿载人航天中心相比，美国国家航空航天局大楼内部的自动食品贩卖机就是工程师生活状态的真实写照，他们苦苦思索技术问题，“咖啡与烟是促进大脑高速运转的必需品”(Mailer，1971)[162]。航天局技术人员的眼中失去了“理性之光”，“炖肉锅”中的焦虑、压力和恐惧让技术人员如同吸食大麻的嬉皮士一般呆滞、冷漠。

第二节 聚焦苦难：漂泊的“边缘人”

诺曼·梅勒虽从未在公共场合承认犹太身份对他的创作所产生的影响，然而其非虚构小说中却不乏对漂泊苦难和“寻根”主题的描写。德国社会学家齐美尔在 20 世纪初提出“异乡人”(Stranger)这一概念，特指“虽然生活在社会里，却处于边缘，不了解这个社会的内部机制，并在某种程度上处于社会群体之外”(库隆，2000)[45]的人。在齐美尔的影响下，美国芝加哥学派代表罗伯特·帕克提出“边缘人”(Marginal Man)的概念，指身处“两种文化和两个社会边缘的人，而这两种文化和两个社会决不会完全渗透与融合在一起”(Park，1928)。在文学和社会学研究中，“边缘人”概念的内涵和外延不断丰富、不断拓展，齐美尔与帕克提出的“异乡人”“边缘人”不是特指犹太裔民族边缘人，而是泛指由政治、文化、种族、宗教、职业、性别等多种原因形成的“边缘人”。具体而言，诺曼·梅勒的《刽子手之歌》中的加里·吉尔摩是社会边缘人的典型代表，童年的成长经历和监禁生活致使主人公长期身处社会主流之外。同样，《战斗》中的穆罕默德·阿里是因肤色、社会角色等原因漂流在民族边缘、宗教边缘的“希泼斯特”斗士。

一、“希泼斯特”斗士的悲歌

20 世纪曾被描述为一个毁灭与重建并存的极端时代，两次世界大战给全球经济带来重创，由此战后工业转产，使得经济得以复苏并迅猛增长。科学技术的快速发展给人类的生产生活和思想认识带来巨大变革，区域冲突和种族矛盾不断激化。面对政治、经济、科技等领域发生的变化，诺曼·梅勒主张“通过自己的作品来施加影响”，鼓舞读者“逾越中产阶级生活中那些严格的限制，去探索有关性与暴力所带来的存在主义式的危险，作为我们对自己的罪孽的谴责与救赎”（伯科维奇，2011）[261]。“希波斯特”存在主义哲学体现了梅勒在非虚构小说中利用性放纵、凶杀、暴力反抗等形式对抗战争、科技和工业文明的缘由，并阐明作者追求事实真相、渴望个人精神升华的期许。然而，值得一提的是，梅勒在《白色黑人：对希波斯特的肤浅思索》中所提及的存在主义与萨特和海德格尔的存在主义哲学概念不同，他推崇的存在主义英雄是“希波斯特式”的斗士。“嬉皮士是美国的存在主义者——嬉皮士这种人知道我们的集体状况是否面临着原子战争造成的快速死亡，这是一种由国家集中营造成的死亡；或者我们是否面临着一种缓慢死亡，这种死亡是由于每一种创造性的和反叛性的本能遭到窒息所产生的墨守成规而造成的。那么，生活给出的唯一答案就是接受死亡的条件，把死亡当作时刻存在的威胁，脱离社会，生活在无根的存在状态，带着自我的反叛需要踏上那个未知的旅程”（Mailer，1992）[301]。在50、60年代的美国，“希波斯特”斗士在反越战运动、反文化运动、性解放运动和民权运动中反抗极权主义的压制，为美国时代精神和国族复兴带来新生。《鹿苑》中的马瑞昂·费、《一场美国梦》中的罗杰克、《我们为什么在越南》中的D.J.、《刽子手之歌》中的加里·吉尔摩和《奥斯瓦尔德的故事》中的奥斯瓦尔德都是极权主义社会中反文化的极端个人主义者。暴力与杀戮式希波斯特精神都是遵循自我本能反应、追求自我个性存在的重要方式，但是“希波斯特”斗士另类的探索方式给社会带来了负面影响，同时也使其自身深陷舆论批判的泥潭，故而美国存在主义英雄不得不面对两种不同的人生境遇，演绎“希波斯特”斗士的悲歌与赞歌。

诺曼·梅勒的小说《刽子手之歌》于1979年出版，作品在美国文学界和新闻传媒界受到广泛关注和好评，并于同年荣获普利策文学奖。《刽子手之歌》是一部以客观超然笔触写就的非虚构个人传记小说，作者通过收集和整理新闻资讯、警方档案、法律文件、书信和录音等历史纪实性材料，还原枪杀案件中的人物境遇和社会现状，真实记录凶杀犯加里·吉尔摩的人生历程和犯罪受审经过。1976年7月，美国犹他州普罗沃市假释犯加里·吉尔摩为发泄内心怨愤，残忍杀害了在加油站工作的马克斯·詹森和汽车旅馆经营者本·布什内尔。在十年未执行死刑的美国，凶杀犯加里·吉尔摩为摆脱终身监禁，操纵报社媒体和社会舆论，多次干涉庭审裁决，争取死刑判决，在社会各界引起了强烈反响和广泛关注，一举成为媒体焦点和社会名人。

在《刽子手之歌》中，作者一改历史主义小说的创作笔法，由聚焦时代背景和主要人物，转向枪杀案件所涉及的多个人物的细致描摹，通过家庭背景、成长经历及心理活动展现人物心灵的本来样貌和自然状态。凶杀犯加里·吉尔摩是一位游离于家庭之外，徘徊于社会边界的边缘人，困扰于心的身份谜团、原生家庭中父与子的对立及其母亲无度的姑息纵容，成为加里·吉尔摩个人身份认同的重要阻碍因素。凶杀犯加里·吉尔摩的人生仅有短短三十五年，身陷囹圄的监禁生活就长达二十二年之久。孩童时期的父子隔阂、身世疑团和诡异事件无法满足其归属需求和安全需求，逐步造成其个人情感认知、价值判断和社会交际能力的缺失，形成“精神变态个性”或“反社会个性”。小说一开篇就以浓墨重彩的场景描摹和心理描写，烘托出加里·吉尔摩任性放纵、张扬跋扈的人物形象。他贪图享乐，无视亲友辛劳；酗酒赌博，贪婪地向姨夫弗恩索讨薪资；违犯假释条例，在酒吧寻衅闹事；逾越行为败露，恶意报复殴打房客彼得·盖洛万；争风吃醋，在生日宴会上因琐事与吉米大打出手；非法购枪不成，迁怒孩童、暴打女友；最终为发泄心中愤懑，残忍枪杀两名无辜平民。枪杀案件发生之后，律师、报社记者、电影制片商、文学代理人就采访、电影制作及新闻报道的各项专有权展开激烈角逐，州首席检察官助理厄尔·道罗斯因被同事比尔·巴特雷接替工作而怅然若失，法律顾问丹尼兹·博亚兹为金钱利益改变态度立场，记者塔默拉·史密斯利用尼科尔的情感信任公开私人信件，美国广播公司制片人拉里·希勒通过竞价独揽采访专有权，甚至狱中好友理查德·吉布斯也选择背叛揭发。一次次被割裂的社会关系让主人公陷入困境，被捕入狱后的加里·吉尔摩并未反躬自省，反而变本加厉地报复社会、反抗命运。“一方面获取亲友团和社会团体代表的同情关注；另一方面把控辩护律师和新闻媒体记者的立场态度，并通过操纵利用社交媒体，多次干涉庭审结果，从一审死刑判决到暂缓行刑，再到推迟执行死刑，直到最终裁决执行死刑”（薛婷，2023）。

此外，采访专有权的争夺助推加里·吉尔摩成为社会焦点人物，人类本性与内心欲望超越社会公序良俗与伦理道德，直接干涉凶杀案件的审理与裁决。作者在小说中详尽描述了案件裁决的转折性事件，经法庭一审判决，法警于1976年10月1日宣布判处加里·吉尔摩死刑，同年11月15日执行死刑。随后法庭迫于当事人自杀行为和社会各界舆论压力，宣布暂缓行刑。此时，联邦最高法院撤销暂缓行刑命令，要求法庭重新审判。在二次庭审中，法庭坚持原判，驳回加里·吉尔摩母亲上诉，法官布洛克宣布死刑将于1977年1月17日执行。临近行刑之日，犹他州地方法院法官威利斯·里特宣布签署临时约束令，要求举行听证会进行最终裁决；同日凌晨，法庭书记官霍德华·菲力浦斯宣布临时约束令无效，执行死刑判决。在当代美国社会正义与邪恶、公正与温情的这场博弈中，法庭的判决结果亦成为多方社会团体争强显胜的机会，美国公民自由联合会、美国伦理学会、美国精神病协会等多方代表在案件审理过程中横加阻隔、暗中施压。从表面上看，小说情节的起承转合取决于法律裁决与庭审结果，然而其细节脉络却披露出各色人物与社会团体的利益争夺，凸显了在利益诱惑与社会公正、伦理道德与法律裁决之间人类本性的复杂性和矛盾性。

诺曼·梅勒的《刽子手之歌》并未提供温情的现实主义视角，让读者去批判社会现实和时代精神，而是引导读者透过镜像反观自我、思考人性。身处社会边缘的加里·吉尔摩始终无法融入家庭与社会生活，童年时期遭遇的家庭暴力、青年时期经历的管教生活和成年时期参与的监狱暴行已然成为加里·吉尔摩身体与心理上无法抹去的创伤印记。作者笔下诡谲多变、狂妄自私的加里·吉尔摩是“希波斯特”式的斗争英雄，他直面生死的勇气是对法律制度的公然反抗，亦是对自我生存空间的极力争取，同时是走出创伤的无畏探索。

二、“希泼斯特”斗士的赞歌

穆罕默德·阿里是非虚构小说《战斗》聚焦的时代热点人物，他不仅是作者诺曼·梅勒个人崇拜的拳坛偶像，还是美国20世纪60年代享有“拳王”盛誉的拳击运动员和反战英雄。穆罕默德·阿里原名卡修斯·马塞勒斯·克莱，出生在美国肯塔基州的路易斯维尔，1960年10月29日开始拳击职业比赛，在二十年的拳击生涯中二十二次获得重量级拳王称号。阿里在60年代对美国社会的影响远远超出了体育领域，他不仅是反抗种族歧视政策的代表，也是一位反对越南战争的英勇斗士。《战斗》选取1974年10月30日，穆罕默德·阿里与乔治·福尔曼在扎伊尔首都金沙萨进行的重量级拳王争霸赛作为小说叙事的主要内容，作者以采访赛事的记者身份现身小说，通过自己的所见、所闻、所感真实记录赛事的整个经过。小说由两个章节构成，分别从赛事的准备工作和比赛过程，还原拳击比赛举办的政治历史环境，描述比赛双方的性格特征、战术策略和内心世界。

时隔十年，穆罕默德·阿里战胜劲敌乔治·福尔曼，重新夺回重量级拳王称号，作者试图从阿里获得的胜利中找寻民族振兴的精神力量和发展动力。诺曼·梅勒虽“不是犹太复国主义者，也未曾去过以色列”(Mailer，1975)[161]，却对阿里抱有一种由衷的喜爱。作者曾表明，如果能够解开拳王阿里之谜，他便能够找到美国复兴艺术、重获力量的道路，“从‘小城镇’的编辑和教育家们手中夺取民族思想，将民族思想从腐朽的宗教迷信和愚昧的大众媒体中解救出来”(Mailer，1998)[459]。因此，作者在创作中为自己塑造身份，采用非虚构小说的形式向读者报道事实、诉说真相。然而在试图理解拳王阿里时，作者却遇到了无法回避的“黑人”问题，“几乎所有的重量级拳击运动员都是黑人，拳击运动成为解读黑人的另一关键，包括黑人的情绪、心理和热爱”(Mailer，1975)[43]。除此之外，为了在比赛中获胜，拳击运动员会极力掩饰自己的情绪和心理，“拳击运动员是骗子。冠军们是骗子中的高手……他们的个性最难捕捉”(Mailer，1975)[43]。故而作者借助非洲部落的班图哲学理解阿里和福尔曼，“人是力量，而不是生物”的哲学思想成为解读黑人群体和拳击运动的重要线索。班图哲学与作者的哲学思想存在共通之处，强调人并非身体各个部分的总和，而是超越了遗传和经验。“人不仅承载着内在的欲望、记忆和个性，还裹挟着从生与死中汲取的各种力量”（Mailer，1975）[38]。根据班图哲学的逻辑，人生的意义就在于竭力增加自己的力量，在多种力量的漩涡中求得生存。

作者梅勒酷爱拳击运动，认为拳击运动员是在个人特定领域争取自主权利的典范。小说开篇高度褒扬“拳王”阿里，他犹如“天堂的王子”“在一片默然中闪闪发光”（Mailer，1975）[3]，这一描写凸显阿里强大的自我及其超强的心理调适能力。小说第一节以“身体的冷漠”为题，描述阿里在赛事七周前的日常训练情况。与往日的训练不同，他不再专注于提升出拳速度，而注重通过承受重击加速神经系统传导身体反射信号，由此帮助身体“迅速消化重击带来的冲击”（Mailer，1975）[4]。阿里认同库斯·达马托的“极端理论”，认为“大脑与身体的信息交流不畅会导致各种疾病”（Mailer，1975）[5]，遭到重击的拳手正是由于大脑无法向肢体传达指令而进入昏迷状态。因此，在后期的拳击训练中，阿里不断训练自己的身体“将冲击力量传送至身体的其他部分，或是为力量寻找最佳的传导路线”（Mailer，1975）[26]。毋庸置疑，枯燥重复的训练难免为疲倦的身体带来多种负面情绪，阿里深知“无聊不仅会消磨他的意志，还将扼杀他的灵魂”（Mailer，1975）[12]。为抵制不良情绪，保证训练营成员精力充沛，阿里坚持在训练中“逗乐”、创作诗歌，即便“只是他一人展现活力”来调动训练营成员的积极性。除此之外，面对赛事舆论的不利导向，阿里凭借笃定的信念、非凡的口才和拳技展示，通过媒体反复强调“福尔曼是有一记重拳，却打不中我”，由此将焦虑和“恐惧凝练成心灵的砖石”（Mailer，1975）[17]，打造自我的坚实壁垒。

班图哲学中有关人的思考使作者大受启发，拳击对抗恰好是诠释力量的最佳运动。作为重量级拳击运动员，阿里以独特的对抗策略和战术技巧演绎了这一哲学思想，通过控制力量传导和神经系统实现了在力量中寻求平衡，进而不断增强自己对整场比赛的控制。赛前阿里借助多种方式影响对手，逐步操纵对手福尔曼的心理，以实现对其身体的控制。首先他扬言自己将在特定回合击倒对手,而后在称重、出场和赛中不断激怒对方,还操纵媒体多次宣扬自己的言论。阿里正是通过控制对手处理信息的方式,逐步影响其对自身、对手和环境的认识,即便在赛场上他依然不断操控对方的情绪和心理,直到将对手击倒在地。在正式比赛前的对视环节,阿里不断用激烈的言辞刺激对手福尔曼,"你从小就听说过我。你从小就在模仿我。现在,你必须面对我,你的主人"(Mailer,1975)[177]!"沉着"的福尔曼本想"保护自己不受他人想法的伤害"(Mailer,1975)[48],心无旁骛地参加比赛,然而阿里挑衅的言语却出乎意料地让他眨眼,输掉对视环节。在比赛的第一回合,阿里出其不意地用右手攻击对方,打破福尔曼的心理防备。作者梅勒在文中解析道,"冠军选手不会在第一回合使用右拳攻击另一位冠军选手。对攻击者而言,这是难度系数和危险系数都极高的攻击方式。几乎在所有的姿势中,右手移动的距离都更长,至少比左手多出一英寸。拳击运动员通常会利用一英寸或半英寸的距离进行反攻,而右拳出击产生的距离就是对手反杀的绝佳时机。他会俯身躲过右拳,用左手出拳打掉你的头。所以,优秀的拳击手通常不会在第一回合用右拳攻击另一位优秀的拳击手"(Mailer,1975)[179-180]。阿里采取以行动为主导的心理干预方式,利用侮辱性的对抗策略再次激怒福尔曼,致使其失去对情绪的控制,怒不可遏地向阿里发起猛攻。除此之外,阿里在整个拳击比赛的过程中并未采用积极的进攻模式进行对抗,而是利用"绳索战术"逐步耗尽对手的气力。在第二回合,阿里便"信心满满地选定位置",以身体"与垂直线呈十度或二十度的夹角","肩膀与拳击台边缘平行"(Mailer,1975)[186]的姿势斜倚在护栏上,这一看似令人费解的应战姿势实质上是阿里在十年的训练中总结的对抗策略。十年以来,他通过独特的训练方式接受重击,赛场上"重击所带来的冲击似乎可以穿过他的身体,他就像板簧一样承受重击"(Mailer,1975)[186]。阿里一方面以轻蔑的语气诱使福尔曼竭力出击,另一方面通过自己的力量传导方式"消化"重击带来的冲击。直至比赛进入第八回合,阿里才使出有力连贯的重击"第一次切断了福尔曼的进攻"(Mailer,1975)[207]。面对突如其来的反击,身心俱疲的福尔曼刚刚意识到自己"身处险境且急需防守",正当此时对手阿里用一记震惊全场的重拳"砸进他的脑海里",

“他的眼睛注视着阿里，摇晃着，踉跄着，极不情愿地倒下”(Mailer，1975)[207]。阿里的重击向福尔曼的身体和心理施加了无法承受的力量，致使连接其大脑与身体的神经系统被完全切断，福尔曼在倒地的瞬间依然心有不甘，但身体却摇摇欲坠。综上所述，阿里之所以能够反守为攻，恢复赛场控制权，在于他永不枯竭的智慧和强大的精神力量。就智慧而言，阿里善于分析对方拳手的拳术技法和心理特征，结合自身状况适时调整战术策略，通过专项训练增强神经系统对冲击力量的传导能力。此外，他善于利用媒体舆论宣扬自身攻击能力，扩大自己的影响力，增加民众的支持率。同时还借助挑衅性的言论和拳击策略，干扰对手的情绪和心理，使对手不断消耗自身力量直至无力还击。就精神力量而言，通过非洲神秘的哲学思想和神经系统控制理论，阿里充分调动起自身和外围的力量，在身体和心理上凝聚力量重创对手福尔曼。比赛结束后，阿里直言将用自己的力量去影响世界，“走进一个新的竞技场”，“用拳头征服世界”，“为民众带来自由”(Mailer，1975)[222]。在小说《战斗》中，作者表面上描写拳击比赛中的力量对抗，结尾部分则含蓄表达自己对美国的成长与复苏充满信心。在以科学技术为主导的理性时代中，与之并行的黑人文化也许是消除理性困惑的非理性途径，作者希冀通过阿里的拳击艺术和人生哲学参透其超越生命的力量，由此获得文学创作的灵感和启发，警示美国政府须放弃扩张的政治企图，转而注重国家发展和民族命运。

第三节　透视命运：精神的困境

作家诺曼·梅勒将人物命运与社会历史结合起来，如同一位具有高度自我意识的道德探索者，一面分析社会生活，一面探索时代精神，发起了带有精神分析色彩的存在主义式求索。他勇于突破传统的文学形式，大胆尝试新新闻体和非虚构小说创作，将历史与小说、虚构与现实、评论与预言融合在一起，在言语和意识形态领域重新建构历史，并借助个体化的叙事还原时代创伤。非虚构传记体小说的主题并不拘泥于人物生平纪事本身，而是注重人物境遇和精神困境对读者的震撼，通过创伤对话历史，透视命运。在诺曼·梅勒的非虚构小说中，精神的困境主要表现在传记体小说《玛丽莲传》对女性困境的探讨之中，通过洞察特定历史时期的人物命运，折射作者在精神上的追寻与成长。

诺曼·梅勒深受玛丽莲·梦露吸引，1973年他出版了十万余字的《玛丽莲传》，之后又创作了《女人和她们的风韵》，并于1986年将其改编为戏剧。梅勒对梦露的关注源于其与梦露相仿的境遇，因梅勒个人颇具争议的公众形象，文学批评界和广大读者曾一度抨击贬低其文学作品价值，甚至还通过还原性假设曲解他的个体性格。20世纪60年代风靡美国影视圈和时尚界的玛丽莲·梦露虽对当代广大受众的审美观产生了不容小觑的冲击和影响，却未凭借其独特个性和表演才能在公众认知中留下永恒深刻的艺术家形象。彷徨在当下与过往、真实与幻境、现实与影视世界等多重虚实之间的梦露本人也不止一次质疑自己的身份，她"属于公众和这个世界"，而"从未从属于任何事、任何人"。作为"电影院里的天使"和"荧幕上的存在"，梦露一度被刻板地认为是一位充满魅力的天真女性，抑或是金发碧眼的愚蠢女人，甚至是家庭破坏者。作者力图借由非虚构传记体小说《玛丽莲传》，着力从其成长经历、情感生活和影视生涯所遭受的创伤进行深入剖析，探寻玛丽莲·梦露的真实个性和生存困境。

梅勒对玛丽莲·梦露的刻画兼顾个人性格特征与内心世界，他不仅通过个性与品行感知梦露的焦虑与渴望，还通过推测与想象呈现她内心的矛盾与迷茫。作者在小说中坦言，梦露的性格具有两面性，"时而坚毅果敢，时而敏感无助"，"脆弱而平静，宛如被命运束缚的鹿"。借由内心矛盾和多重性格的表征，梅勒将梦露塑造成为一位"复杂且矛盾的双重性格女性"，"双重性格的同时存在，致使梦露成为一个承载着双重灵魂的整体"(Mckinley，2017)[76]。在此，作者先是采用类比的手法深入剖析梦露的个性特征，"这个女人应该被视为包法利夫人和娜娜的结合体，而这两个灵魂都是独立的无意识存在。当然，两者的个性无法被严格区分，其中的一种无意识可能为两个灵魂服务。当娜娜与圣女贞德，或是波利斯·卡洛夫与平·克劳斯贝同时存在于肉体中时，疯狂的深渊便在角色转化中若隐若现"(Mailer，1973)[97]。法国小说家福楼拜笔下的包法利夫人与左拉塑造的娜娜成为玛丽莲·梦露双重灵魂的代表，两位女性在压制与反抗中走向悲剧的终点，坦诚与率真的品性亦沦为社会伦理道德的牺牲品。类比的修辞不仅展现了作者对梦露个性的深入思考，同时预示着这位性感女性的悲剧人生。其次，作者通过梦露房间墙壁上的挂像推测其复杂矛盾的内心世界，意大利演员埃莱奥诺拉·杜斯与美国总统亚伯拉罕·林肯之间的差异令人无法设想如何将两人置于同一内心世界。“任何人，无论是男人或是女人，拥有如此截然相反的个性都会精神错乱”(Mailer，1973)[97]。然而，崇拜杜斯和林肯的梦露却能够融合两种截然不同的灵魂，在影视界风靡一时，其根本原因在于梦露本身具有的双重性格和她精神层面的困顿。一方面梦露极力压制内心矛盾，渴望事业的成功和公众的关注，另一方面她迫切期待爱与包容，获得内心的平静与幸福。梦露的恋情并未让她获得精神的满足和内心的安宁，反而使个体在公众舆论与自我认知中迷失，她无时不在为自己的演艺事业感到忧心焦虑，并在矛盾和无望中走向精神的崩溃边缘。

诺曼·梅勒非虚构小说中的创伤叙事从观照现实、聚焦苦难和透视命运三个层面展现了美国特定历史时期的政治历史图景，刻画了在时代洪流中抗争的“希波斯特”斗士，并对人类存在的精神困境进行了深入思考。在创伤与历史并现的巨幅画卷中，人类的生存状况与精神困境钩连着历史真实，包孕着创伤记忆。回望历史、观照现实是将历史事件置于时代背景下的重新审视与考量，聚焦“边缘人”的漂泊苦难旨在通过个体记忆与集体记忆探寻创伤本源，透视命运、关注精神的困境。这既是梅勒对美国时代精神的求索，也是自我精神成长的印证。

第二章

诺曼·梅勒非虚构小说中的创伤叙事主题

20世纪动荡不安，两次世界大战、经济危机和局部战争给人类生活带来空前灾难，同时科技发展对国家的政治、经济和军事乃至社会生活也产生了巨大冲击。二战后美国的各个领域都发生了重大变化，越南战争爆发、总统遇刺、载人飞船升空、女权主义运动兴起，众多社会问题层出不穷，后现代主义作家开始感受到文学表征的危机，质疑传统的文学创作形式，探索新的艺术表达方式，展现文学创作主题。詹姆斯·鲍德温、罗伯特·洛厄尔和玛丽·麦卡锡纷纷在作品中尝试突破散文、小说和诗歌的界限，采用多种文学形式反映社会现实，表达个人观点。与梅勒处于同一时代的非虚构小说家杜鲁门·卡波特的《凶杀》将叙述聚焦在1959年堪萨斯州的恶性凶杀事件上，详实细致记录案发、侦查和审判的整个经过，以冷静、客观、精确的叙述风格博得《纽约客》杂志的青睐。托姆·沃尔夫亦是将自己置身于小说之外，细致入微的写作技巧"引起20世纪60年代文化那种狂欢式的喧嚣"(伯科维奇，2011)[276]。与卡波特和沃尔夫不同，"梅勒将小说写作、新闻写作和自传写作糅合在一起，把自己化作故事的主人公，通过自己命运的沉浮来透视历史，把整个60年代都利用起来，为创作自己这部带有喜剧色彩、经过翻新的传奇服务。从'梅勒'斯人抽身出来，而把自己置于一个更大的、公众的世界上，作者以这样一种方式，正像当年的亨利·亚当斯一样，在一个决定美国命运的时刻，将个人的种种癖好成功地化为一番与美国的对话"（伯科维奇，2011）[276]。

梅勒作为"美国历史最前沿的记录者"，在长达六十年的创作中持续关注美国的政治、经济、文化和社会现状，审视人类的生存环境，探索生命的存在意义。创伤主题是梅勒通过特定社会历史事件和时代焦点人物形象表达出来的主题思想，也是非虚构小说书写人类创伤历史，整理创伤记忆的核心内容。国内学者陶家俊在《创伤》一文中指出"创伤源于现代性暴力"，并根据创伤的入侵性、后延性和强制性三大本质特征，将创伤分为："心理创伤与文化创伤；个体创伤与集体创伤；家庭创伤与政治恐怖创伤；工业事故创伤与战争创伤；儿童创伤与成人创伤；性暴力创伤、民族/种族创伤与代际间历史创伤；施暴者创伤与受害者创伤；直接创伤与间接创伤"（陶家俊，2011）。李桂荣在《创伤叙事：安东尼·伯吉斯创伤文学作品研究》中，按照创伤原因、创伤表现和创伤治疗过程和结果，对创伤叙事作品中表现出来的创伤和创伤表现进行了分类，但"各大类中又有各种各样的不同模式，各种模式中又有多种变形"（李桂荣，2010）[54]。

诺曼·梅勒非虚构小说中的创伤叙事内容深刻、视角独特，充分展示了在特定历史时期人类经历的不同创伤。根据创伤的不同来源，创伤叙事主题可大致分为民族创伤、社会创伤和个体创伤三个类型。就民族创伤而言，与获得诺贝尔文学奖的经典作品不同，梅勒在非虚构小说中采用独特的形式将民族情结与时代精神融合。首先，梅勒非虚构小说中展现的民族创伤是对犹太民族创伤母题的延伸和拓展，"寻根"情结和"父子关系"从宗教信仰、民族宿命之中跳脱而出，跃升为关乎人类生存、具有普世意义的话题。此外，小说中的创伤叙事并未聚焦黑人创伤、犹太人创伤以及殖民创伤产生的过程，而是注重展示民族创伤所产生的深远影响，探寻弥合创伤、精神救赎的可能路径。就社会创伤而言，梅勒非虚构小说的历史背景更为具体，创伤主体以及主体之间的关系更为复杂。作者一面犀利地批判社会现实，一面积极地反思历史、忏悔自白，引领读者通过社会表面的矛盾冲突，窥见时代精神的困境。最后，梅勒非虚构小说中的个体创伤侧重对创伤经历和创伤记忆的描写，从创伤主体的原生家庭、成长经历和情感生活等方面进行深入剖析，探寻个体创伤的本原。

第一节　民族创伤：民族情结与时代精神

诺曼·梅勒出生于一个传统的犹太家庭，其道德观念、家庭伦理和宗教信仰深受家庭的浸润和影响。在1880至1920年间，二百多万东欧犹太人涌入美国，成为美国历史上规模最大的一次犹太移民浪潮。在美国自由、包容的生存空间里，犹太人迅速融入美国的文化生活，并在政治、经济、科技和教育等领域占据重要地位。梅勒父母的家族正是在此期间移民美国，父亲艾萨克·巴恩特·梅勒与母亲范妮·希奈德在新泽西州相遇、结婚。1927年四岁的梅勒随父母由新泽西州举家迁往布鲁克林，幼年的梅勒长期居住在外祖父家，深受其民族传统文化的影响。外祖父查姆·希奈德毕业于立陶宛的犹太高级学校，在新泽西海岸经营多家酒店，并在朗·布兰奇犹太区从事牧师工作，学识渊博且坚守犹太传统的外祖父在家族和社区里都是颇具威望的灵魂人物。身为第三代犹太移民的梅勒，童年时期便在浓厚的宗教氛围中学习希伯来语，阅读犹太法典，根植于民族传统文化中的犹太情结成为梅勒政治立场、意识形态和哲学思想形成的基础。

20世纪40、50年代的诺曼·梅勒受左翼激进知识分子影响，批判美国的极权主义政治，宣扬美国式存在主义思想。1943年诺曼·梅勒于哈佛大学毕业并获得工程学学位；1944年婚后不久的梅勒奔赴二战太平洋战场，搜集、积累了丰富的战争和军队生活素材；1946年梅勒退伍并根据亲身经历创作战争小说《裸者与死者》，小说在揭露战争本质和极权主义的同时，还描写了犹太裔士兵遭受凌辱和欺压的境况，体现梅勒对犹太身份的反思与困惑；1951年梅勒加入聚集在纽约格林威治村的左派激进知识分子团体，这一激进的美国政治左翼势力在形成初期主要由犹太知识分子组成，主张批判美国的现行制度，探索新型的文化运行模式。1957 年，梅勒在《异议》杂志上刊发《白色黑人》一文，进一步确立了其左派激进分子的身份和地位，同时也标志着梅勒独特思想的形成。

20 世纪 60 年代中后期，随着越南战争的不断升级，国内掀起反战浪潮，美国政府的极权统治受到空前挑战，无政府主义的“改革”意识遭到质疑和批判。1967 年，梅勒与麦克唐纳、保罗·古德曼一同参加了向华盛顿国防部五角大楼发起的反越战游行示威，梅勒结合亲身经历创作非虚构小说《夜幕下的大军》，一改昔日激进的作风，以“保守左派”自居，并在作品中对嬉皮士、中产阶级后代的反抗行为和希泼斯特精神给予肯定。1968 年美国举行总统大选，民主党与共和党进行了财力、物力、人力的全面竞争，在这场没有硝烟的权力争夺战中，黑人民权领袖马丁·路德·金和总统候选人罗伯特·肯尼迪遭到刺杀，最终共和党候选人理查德·尼克松在竞选中以较小的优势获胜。此时的梅勒选择以旁观者的身份冷静观望政治局势，全面客观地审视国家命运、民族际遇和个人生存，希冀通过温和的政治改革推动美国社会发展和文化变革。

一、父子关系的演变与重建：反叛与复归

在犹太民族的发展史上，“父子”关系的解读和阐释是探寻犹太民族危机和身份认同的关键节点，由此“父子”关系成为犹太文学作品中无法回避的主题。《刽子手之歌》是一部长达千余页的非虚构人物传记小说，作品围绕死刑犯加里·吉尔摩的生活经历和受审过程，从“东部”和“西部”两个角度串拢情节。小说上卷“东部的声音”是美国东部犹他州社会现状的掠影，下卷“西部的声音”是美国西部文明势力争斗角逐的缩影。小说中的“父子”关系借由第三人称视角格雷斯的回忆平铺直叙。加里·吉尔摩的父亲弗兰克与母亲贝西迫于生计，四处漂泊，两人曾乘坐公共汽车横穿得克萨斯州，后因开具空头支票在科罗拉多州被捕，之后前往加利福尼亚州国防工厂工作，最终在波兰特市郊水晶喷泉大街定居。加里·吉尔摩出生在麦卡米的伯尔森饭店，童年时期便跟随父母过着居无定所的生活，父亲因工作原因常年与孩子分隔两地。家庭生活中的父亲长期处于“缺位”状

态，干练、坚定的母亲在一定程度上替代了父亲的角色，小说中加里·吉尔摩对父亲闭口不提，且从未交代过自己对父亲的态度和情绪，仅从母亲贝西的记忆中得知父子关系一直处于紧张状态。青少年时期的加里·吉尔摩性格叛逆，满嘴脏话，“好像有个臭气熏天、面目狰狞的恶魔正从他嘴里走出来似的”（梅勒，2000）[485]。他经常与父亲争吵，弗兰克每隔一个星期从西雅图回家都会跟加里·吉尔摩吵架，“两个人跳起来大喊大叫”。成年后的加里·吉尔摩变本加厉，以打架、偷车等暴力犯罪行为滋事挑衅。面对加里·吉尔摩肆无忌惮的叛逆行为，父亲弗兰克想方设法包庇保释儿子。在父母的宠溺下，不到二十岁的加里·吉尔摩竟企图对父亲动手。由此可见，父子关系失和源于悬殊的家庭地位，父亲高高在上的权威地位并未得到儿子的尊重，儿子一直试图以叛逆的行为证实自我身份和存在价值。20 世纪以来，在后现代主义思想和科学理性思维的推动下，传统的家庭伦理观念受到巨大冲击，父子关系失和是对父子母题的一种反叛与革新，也是“子”辈探寻自我身份和存在价值的大胆尝试。

父亲弗兰克过世之后，身患关节炎的母亲在史必特餐馆打杂工，每月的收入不到二百美元。由于六年未缴纳房产税金，市政当局决定收回房屋以抵偿税款。贝西希望教会帮助她支付拖欠的税款，她将以房产抵押的形式分期偿还借款，并愿意签订契约，在死后将房子转让给教会。然而，教会却一面借助市政当局的起诉施加压力，一面压价购进她的房产，以致晚年的贝西只能栖身在破旧的活动房。加里·吉尔摩在监狱得知房屋被教会收购后，“勃然大怒，把教会臭骂一通”（梅勒，2000）[480]。多年后格雷斯回想起加里·吉尔摩怒气冲冲的样子，暗自揣测加里·吉尔摩“杀死那两个小伙子之前一定知道他们是教徒”（梅勒，2000）[480]。加里·吉尔摩枪杀无辜教徒的动机无可查证，他在狱中也未曾表露过对教会的态度，但从失去那幢承载家庭生活记忆的老房子开始，加里·吉尔摩对家的记忆就逐渐变得模糊而零散。英国建筑学家罗伯特·贝文认为，“摧毁一个人身处的环境，对一个人来说可能就意味着从熟悉的环境所唤起的记忆中被流放并迷失方向。这是对人们丧失集体身份认同以及丧失它们身份认同稳定性连续性的威胁”（贝文，2010）[10]。据格雷斯回忆，在陪同贝西前往探监的路上,贝西曾直言加里·吉尔摩与父亲关系不和,却对家人共同生活的房屋寄托着热烈而复杂的情感。这座房屋不仅是个人记忆和家庭成员记忆的载体,同时也是个人身份获得自我认同与社会认同的重要空间。此时父子两人的关系因受空间、情感和记忆阻隔,无法再次达成体谅与和解。母亲贝西作为连接父子的唯一纽带,发挥着不可替代的桥梁作用,她竭力通过回忆与倾诉维系父子感情,修复父子关系。探视加里·吉尔摩期间,她多次讲述父亲昔日的趣事,"酒醉翻筋斗""羊的故事""蹩脚司机"等历历在目的往事将加里·吉尔摩逗得捧腹大笑,每次笑声过后,他都会陷入沉思。最终,加里·吉尔摩感叹道"我真希望爸爸还活着"(梅勒,2000)[482]。父与子由此逐步达成和解,加里·吉尔摩理解了父亲生前恩威并施的矛盾行为,并对父亲进行了重新定位。面对"子"的叛逆与暴力,父亲一面正颜厉色地控制、训斥其不当行为,一面苦心焦虑地为其开脱罪名,"只有这种感情的因素才能说明自相矛盾的行为并使无意识撒谎和自我欺骗的偏好成为可理解的东西"(罗恩,1989)[76]。

小说上卷中,加里·吉尔摩获保释后来到普罗沃市,布伦达表妹与丈夫约翰尼深夜驱车接机,悉心照料他的起居生活;弗恩姨夫慷慨解囊相助,艾达姨母诉说温情往事;托妮表妹美满幸福的家庭生活、与孩子们嬉戏的别样乐趣再一次将加里·吉尔摩从冰冷无情的监禁生活中唤醒,让他对家与亲情充满期待和向往。加里·吉尔摩帮助弗恩姨夫修理车道,独自一人铲平长达三十五英尺的路缘;用心在弗恩的鞋店学艺,渴望掌握修鞋的整套工序;在第一次相亲受挫之后,加里·吉尔摩坦言自己"渴望有个家,渴望有亲人,渴望和其他人一样地生活"(梅勒,2000)[32]。加里·吉尔摩的微妙转变暗示着父子关系的重建,"子"与"父"之间的断层得到亲情的续接,回归家庭的美好愿景促使个体生命在精神领域对自我身份进行重建。

二、星际磁场中的寻根之旅:颠覆与重建

以非虚构小说为文本研究对象,美国精神是诺曼·梅勒作品中不容小觑的创作主题。小说《月球之火》分别从宏观、中观和微观三个层面,深入剖析美国精神

在国家政治经济决策、科研团队冒进探索和个人理想信念中的不同表现。首先，阿波罗计划是美国政府面对内忧外患的政治经济困局所采取的突破性决策。为解决越南战场失利所带来的种种经济和社会问题，登月行动是美国政府采取的重要政治经济策略。从政治层面上讲，阿波罗计划有助于美国在航天航空事业方面的发展，粉饰越战所带来的社会创伤，重塑美国超级大国的形象，进而巩固其极权主义统治；从经济层面上讲，阿波罗计划有助于推动战后经济的发展，扭转行业发展不均衡的局面，缓和日益激化的社会矛盾，为数以万计的工人提供就业机会，重建社会秩序和精神家园。其次，阿波罗十一号载人航天飞船的发射是美国国家航空航天局科研团队面对挫折失败，勇于冒险的无畏探索。在无人航空航天飞行测试的第一阶段，阿波罗四号、五号和六号存在诸多技术缺陷。“阿波罗四号在飞行中燃料泄露，计算机站突然停止运转；阿波罗五号发射时出现登月舱玻璃破损，其登月舱仅用10%的助推力便会导致发动机起火（阿波罗九号亦存在此种风险）；阿波罗六号在飞行的第二阶段有五分之二的引擎提前分离，第三阶段出现无法点火的故障，导致飞船偏航，进入错误轨道。”（Mailer，1971）[173]在载人航空航天飞行测试的第二阶段，航天局用时九个多月完成了阿波罗七号、八号、九号和十号四次载人航天飞行试验，“上次航空飞行的经验教训还来不及整理记录，更不用说吸取和利用”（Mailer，1971）[173]。迫于国家政治干预、社会局势动荡和科学水平差距等方面的压力，美国国家航空航天局在阿波罗计划的整体推进过程中，未能科学合理规划进度、分析总结前期事故的经验。阿波罗十一号登月计划凸显出美国航空航天团队坚忍不拔、勇往直前的精神，同时也折射出其急躁冒进的一面。再次，阿波罗登月行动中，宇航员们所展现出来的合作与牺牲精神是人类坚强意志与美国精神的又一具体表现。“宇航员是美国精神，爱国主义或是精英主义①的核心凝聚力”（Mailer，1971）[283]。面对赶超苏联的“科技竞赛”，阿波罗计划被赋予浓重的时代紧迫感。宇航员们内心充塞着对未知世界的恐惧，义无反顾肩负起历史的使命，踏上英勇无畏的“超现实主义”太空之旅。

---

① 原文中 WASP 是 White Anglo-Saxon Protestant 的简称，特指白人盎格鲁-撒克逊新教徒，泛指新教的欧裔美国人，代表美国上流社会和精英阶层的主流价值观。在此译为“精英主义”。

此外,“寻根”是众多文学作品中亘古不变的主题,作者在描述阿波罗十一号登月实况中专辟章节“如钢似铁的宇航员①”(Mailer,1971)[282]讨论宇航员的心理世界,通过分析金属铁的内部构造和形成过程,推测银河系行星与金属铁之间存在特定的引力和磁场。根据1970年1月爱德华·安德尔斯博士在休斯顿记者招待会上的表述,金属铁与行星“内部构造”相同,故而具有“磁场引力”,并与遥远的银河系行星之间存在“亲密关系”。在此基础之上,作者将金属铁的属性与宇航员的品行进行类比,“铁的硬度较高,具金属光泽,延展性有限,受表层油脂保护不易被空气腐蚀”,铁的这些金属特性恰好与训练有素的宇航员有着异曲同工之处,宇航员“体魄强健,形象气质俱佳,道德素养优良,个性特征深藏于表象之后”(Mailer,1971)[283]。根据作者收集的资料与数据,自1959年至1967年美国国家航空航天局共培养选拔六十六位宇航员,组建六个航空航天飞行小组,分别执行水星计划、双子计划和阿波罗计划,其中八人不幸遇难,八人因故辞职或调离。航天局宇航员的选拔条件苛刻、要求严格、标准极高。首先,就个人履历和工作经验来看,宇航员“都是参加过战斗的杰出飞行员,大多数曾在美国空军部队、海军部队或海军陆战队就职”(Mailer,1971)[285]。其次,就航空航天知识储备和专业技能而言,宇航员需要具备航空工程学和航天工程学的专业知识,还需不断更新关于电力、机械和计算机操作方面的知识,因此“从不同程度上看,宇航员们不仅是专业的飞行员,还是专业的工程师、力学家和技术专家”(Mailer,1971)[230]。再次,就工作强度和薪资待遇而言,宇航员“每年需完成几百小时的飞行训练”及“每周平均五十个小时的工作任务”(Mailer,1971)[289],然而每年的基本薪资仅有“一万三千美元”,“加上奖金收入、保险收入和集体效益,年薪最高不超过两万美元”(Mailer,1971)[290]。除此之外,生活在“规范、命令、竞争和压力”之中的宇航员身受严格的道德标准约束,公众场合的个人言论、举止行为,甚至个人情感生活都备受关注。由此梅勒认为,“要么为了竞选美国总统,要么是近乎于狂热的爱国主义情感使然,要么就是为了履行星际磁

① “The Iron of Astronauts”译为如钢似铁的宇航员,特指宇航员内心对太空探索的向往及其坚毅顽强意志。

场中的寻根使命，否则没有一个人愿意拿着一万三千元的年薪如此这般地生活。”(Mailer，1971)[290]综上可见，作者推度“行星中神秘的内在材料”与“如钢似铁的宇航员”之间存在的引力才是宇航员执着于太空探索计划的根本动力，登月行动因此成为宇航员回归星系，探寻“宇宙起源”奥秘的“寻根”之旅。

作者对阿波罗计划中“寻根”情结的表述主要体现在两个方面，一是航天局宇航员内心坚不可摧的理想和信念，二是探月过程中宇航员坚韧不屈的意志与品行。在阿波罗十一号第三级火箭完成第三次点火之后，飞船行驶进入环月轨道，宇航员们按照要求每天与地面指挥中心进行多项数据与信息的交换，同时详实记录环月飞行中各种设备的运行情况以及机械与信号系统方面出现的故障，例如“氧气传感器故障，登月舱包装箔纸的反光问题，废水云驱散时间，宇航员睡眠时间和计算机的异常反应”(Mailer，1971)[247]等问题。根据小说文本中所节选的真实对讲记录，环月飞行中飞船曾出现各类问题，如热控系统曾一度失控，驶入月球背面轨道后飞船向月球中心偏航，多次出现信号中断问题，污水处理系统出现故障，高量频信号锁定功能丧失，登月舱下降速度控制困难，登月舱与母船“老鹰”连接之后出现剧烈震动等。这一系列的机械故障与意外状况都未能干扰宇航员对飞船状态和系统控制的理性分析和冷静处理。长期生活在高压环境中的宇航员们向全世界展现出良好的心理状态和团队合作精神，科技与理性再一次战胜焦虑与恐惧，“如钢似铁的宇航员”展现了其探索宇宙奥秘的决心和勇气。

第二节　社会创伤：极权统治与国族复兴

作为“美国意识的代言人”(Scott，1973)[15]，诺曼·梅勒见证了美国二战后的发展历程，在非虚构小说中客观真实地记录了重大社会创伤事件，披露了当代社会存在的突出矛盾，并对美国人民的生存状况和精神困境进行了深入思考。第二次世界大战之后，美国的社会经济和科学技术飞速发展，然而美国却深陷政治泥潭，其扩张目的和侵略野心逐渐暴露，标榜“自由、平等、民主”的美国精神成为反文化运动攻击的目标。社会创伤书写既是美国社会历史的真实写照，也是对美国价值体系和道德精神演变脉络的再次梳理。朝鲜战争伤亡惨重、越南战争僵持不下等事件致使美国的极权政治、种族歧视、文化冲突等问题日益凸显，于是高呼着“重新认识世界和自己”的反文化运动者掀起了20世纪60年代的文化反叛浪潮。诺曼·梅勒非虚构小说中的社会创伤主要体现在两个方面，一是战争创伤给美国社会带来的伤痛与恐惧，二是极权主义对国家政治、社会舆论和民众思想的操纵与控制，创伤书写体现了作者对美国文化和美国精神的质疑和反思，并为重塑美国时代精神提供了重要参考。

一、极权主义泥潭中的挣扎：绝望与希冀

越南战争是美国人镂心刻骨的创伤记忆，20世纪60年代末的反越战游行示威是美国政府与反战派的一次政治博弈。坚持主战立场的美国政府认为越南战争是“必须进行的战争”，并妄图通过战争稳固其极权统治。秉持美国“良心”的反战派主张以游行示威的方式唤醒美国民众，试图让他们审视战争本质，捍卫人性道德。作为反战游行示威的参与者，作者梅勒采用“小说家”和“历史学家”的视角，以公开评论和隐晦表述两种方式来表达自己复杂的爱国主义情感和道德伦理诉求。

在小说《夜幕下的大军》第一卷“作为小说的历史”部分中，一方面作者以公开评论的方式批判美国极权统治下的社会弊病，直抒内心不满与愤懑。身陷越战的美国政府将极权主义渗透到政治、经济、军事、外交、教育和媒体等多个领域。美国新一代的批评家对美国军队在越南烧杀屠戮的行径置若罔闻，却对作家梅勒启用污言秽语横加指责。批评家与主流媒体一同失声，丧失了对极权政府的舆论监督作用。故而梅勒认为美国“像过早得了关节炎的孩子，这个国家没有多大的长进”（梅勒，1990）[53]。另一方面，作者直言美国这位“令人望而生畏、麻木不仁、一板一眼、缺乏人性的贵妇人”（梅勒，1990）[121]将死于极权主义“疾病”。民众需要接受“爱国主义”教育的中产阶级自由派主张，以科学和理性的方式反抗极权政策，扭转美国社会的混乱局面。作者

认为这种不著见效的反抗形式根本无法拯救美国，战争带来的社会创伤会进一步激化社会矛盾，诱发国家危机。

此外，作者在“比喻问世”部分借用隐喻，含蓄地写道：“她就是美国。昔日，她曾美貌无双。如今，她却长满天花”。她或许会产下“迄今为止最为可怕的极权主义政权”，也许“能够产下新世界的婴儿，一个智勇双全、既刚强又多情的孩子”（梅勒，1990）[314]。在超越政治和文化分歧的基础上，持有不同政治观点的群体和各行各业的社会成员组建了一支三万五千余人的反战“大军”，公开向美国极权统治宣战，呼吁重视个体自由。这一行动虽以温和的“群众集会”告终，却在一定程度上证实了美国不同阶级群体对国家的责任意识和道德共识。从战争梦魇中清醒过来的社会各阶层，通过多种不同的方式反抗极权统治和权力话语，青年学生焚烧征兵卡、嬉皮士举行驱魔仪式、知名人士发表反战演说、激进分子策划暴力反抗。中产阶级的后代“天真无邪，渴望动乱”（梅勒，1990）[36]，以酗酒、吸食大麻、性解放和暴力反抗等极端行为挑战极权统治，“这些娇生惯养的孩子在道义上进行了大胆的、不可思议的选择”（梅勒，1990）[304]。在示威的最后几个小时，面对美国政府诡谲多变的处置手段，孩子们仍抱守着和平的理想和民主的信念，甘愿承受折磨来为越南战争赎罪。由此可见，作者对美国的感情充满矛盾性和复杂性，一面抨击美国违背民主、自由的民族精神，反对发动侵略战争，质疑新一代批评家和中产阶级自由派的反抗形式；另一面支持美国各个阶层广泛参加反越战游行示威，肯定各自为战的游行大军所作出的无畏反抗。

《奥斯瓦尔德的故事》揭示了个人权利在国家政治斗争中的地位，同时反观国家极权政治和极端手段对个人生活、心理和行为产生的巨大影响。通过对官方调查资料和个人访谈记录的收集整理，作者以非虚构的创作技法真实还原凶犯奥斯瓦尔德的成长和生活经历，从历时性的角度纵观其在政治斗争和人生困境中的挣扎。

1939 年奥斯瓦尔德出生在美国南部的新奥尔良，母亲迫于经济压力外出工作，时常将幼年的奥斯瓦尔德独自一人关在家中。孤僻的奥斯瓦尔德在学龄阶段因诵读困难症遭到同学的嘲讽与殴打，不甘忍受屈辱的少年奥斯瓦尔德顽强反抗，由此获得的胜利助长了其肆意妄为的品性。青年时期的奥斯瓦尔德为逃避母亲的干涉与控制，决定参加海军陆战队实现自己的抱负与梦想，但其军队生活并不是一帆风顺的。在母亲玛格丽特的纵容和宠溺下，奥斯瓦尔德一次次逃脱儿童福利院的集体生活、青少年中心的严格管制，甚至通过搬家重获海军陆战队的征兵资格。这是奥斯瓦尔德第一次摆脱母亲的控制和青少年时期的屈辱生活，他怀揣着对未来的希冀和期待进入海军陆战队，准备开启全新的生活。

青年时期的奥斯瓦尔德对军队生活充满憧憬与想象，但现实中海军陆战队高强度、高难度的综合军事训练让他始料不及，体力上的弱势让他沦为军营士兵的笑柄。20 世纪 60 年代美国军营中对男子气概的追捧与崇尚使他再次陷入被嘲讽的漩涡，九个月的军营生活让异常兴奋而又胆小怕事的奥斯瓦尔德急于证明自己，在驶往日本的战舰上他整日下棋，因象棋对决中的胜利欣喜若狂、高声疾呼。在冷漠、内向、傲慢的表面伪装下，个体内心的负面情绪不断积压膨胀，孤独、焦虑与愁闷无法得到安抚、宣泄和化解。与此同时，来自外部的压力犹如雪上加霜，士兵们的奚落与嘲讽，猜忌与怀疑，排斥与欺辱层层加码，内外交困的境地迫使奥斯瓦尔德陷入绝望之中。他精心设计枪支走火事件，处心积虑逃避军队兵役，肆无忌惮反抗处罚，铤而走险参与情报交易，逐步从军队制度的“受害者”转化为极权政治的“反抗者”。

在这条“美国式悲剧”的道路上，奥斯瓦尔德的反抗不仅是其个人对困顿人生的求索，亦是时代精神对美国民主体系的拷问。作者通过对小人物奥斯瓦尔德人生经历的细致描写，揭示了极权统治对个人权利的无情践踏。生活在这一特定历史时期的奥斯瓦尔德一次次寄望于无畏的抗争，期待成为自己命运的主人，然而复杂的国际政治环境和社会经济关系却将其一步步推向绝望的深渊。彷徨于绝望与希冀之间的主人公是极权政治的牺牲品，也是社会创伤的亲历者和见证者。他无力的抗争与惨痛的代价亦是作者对人类生存状况的社会关切和对社会创伤的深刻解读。

二、国族复兴道路上的求索:感性与理性

1968年美国民主党全国代表大会在一系列社会暴乱、枪击暗杀和游行示威活动中拉开序幕。3月31日美国总统林登·约翰逊公开发表电视演讲,表示将"放弃民主党提名,放弃成为美国下一届总统"(Mailer,1968)[102];4月2日,副总统休伯特·汉弗莱与赢得威斯康星州57%选票的尤金·麦卡锡共同参与竞选;4月4日,因黑人民权运动领袖马丁·路德·金遇刺身亡,"孟菲斯、布鲁克林、华盛顿、芝加哥、底特律、波士顿和纽瓦克市纷纷暴发纵火、抢劫等暴力事件"(Mailer,1968)[102];4月23日,哥伦比亚大学学生围攻校长办公室,各种扰乱秩序的活动导致学校整个学期无法正常授课;6月3日,波普艺术的倡导者安迪·沃霍尔遭遇枪击;6月4日,罗伯特·肯尼迪在获得加利福尼亚州45%的选票后,不幸遇袭身亡。随后,因对新就职的黑人市长不满,克利夫兰市发生暴动。麦卡锡的支持者因反对投票结果,举行游行示威活动。芝加哥市也因抗议民主党变更大会地址,掀起了大面积的电话中断、出租车和公交车罢工事件。作者在第二章芝加哥之围中,选取大会期间芝加哥举行的游行示威活动,分别对示威人群、示威场面、示威活动和示威后果进行细致描写,以期真实再现游行示威活动中不同群体的反抗行动,经由反抗行动反观其思想政治立场,并进一步探讨反抗思想对反抗形式的制约和影响。

休伯特·汉弗莱在芝加哥民主党总统候选人竞选中获胜,纽约州、加利福尼亚州、威斯康星州、俄勒冈州的代表与其他州的部分代表召开核心成员会议,商议策略抗议民主党的提名程序。核心成员会议由"无足轻重却令人尊敬"的学者们构成,他们之所以能够在政治上获得一隅之地,"多半与麦卡锡一样,长于从哲学角度思索无解的问题"(Mailer,1968)[194]。"品性高贵"的会议成员代表提议手持蜡烛徒步行进四英里,穿过黑暗的芝加哥街道,以此抗议总统提名和警察暴行,并向警察棍棒下的受害者表达关切。代表们一致赞成,在纽约州代表西奥·比凯尔的带领下,一路唱歌前往希尔顿酒店,后因顾及深夜歌唱可能会带来扰民问题,最终决定在通过警察路障后停止歌唱,

以期达到和平游行示威和维持社会秩序的双重目的。然而，麦卡锡支持者在现实行进过程中因沿途警察监视和游行路程等因素影响，不得不更改游行路线和计划，“改乘公交车在希尔顿酒店附近集结，走上密歇根大街，与在林肯公园听演讲的嬉皮士和年轻的麦卡锡成员汇合”(Mailer，1968)[193]。作者在文中坦言，受制于内心深深的恐惧，他未参与自由主义者的此次示威游行活动。经过复杂的自我反省和内心挣扎，作者驱车迅速赶往林肯公园，但游行示威活动已结束，一切又恢复了“死一般的静寂”(Mailer，1968)[195]。诺曼·梅勒采用平铺直叙的方式描写了芝加哥之围前期的游行活动。各州代表组建的抗议团体和麦卡锡支持者的示威游行不仅未能对投票选举的结果产生影响，反而因警察的监视更改路线。作者认为温和的理性反抗在强权专制面前不堪一击，“自由、平等、民主”的美国精神与现代社会渐行渐远，在极权统治的重创之下，让作者开始对美国未来产生绝望的恐惧。

然而，筹备芝加哥游行示威的还有另一支队伍，全国动员会和雅皮士们具有新左派社会主义者和嬉皮士的双重特质。“新左派归属于社会主义者范畴，在政治上主张对抗、抵制，在哲学上推行实证主义，提倡教育的方式方法，注重意识形态的作用。”(Mailer，1968)[136]雅皮士是嬉皮士中的激进分子，通过吸食大麻、酗酒、性解放等行为，寻求政治上的“狂喜”，鼓吹神秘主义。经过多次校园抗议、街头运动和游行示威，这两个群体已于1968年夏天融合成为一支兼顾两者政治立场、斗争思想和反抗行为的游行队伍。示威前期，新左派代表汤姆·海登发表演说，美国政府的极权主义压制人的需求和反抗意愿，如同“发条上得太紧的闹钟会导致自身损坏”(Mailer，1968)[137]，民主党必将遭到其军队和安保力量反噬。嬉皮士则自称“古怪的变种猿类”，以散文的形式鼓励民众参与林肯公园充满音乐、舞蹈和表演的神奇冥想活动。8月25日雅皮士在林肯公园发放标题为“1968投票给猪”的传单，并附上为实现自由社会而革命的十七条忠告，戏谑政治家的身份与头脑，预言美国政府的末日将近，“雅皮士定会取得第二次美国革命的胜利”(Mailer，1968)[142]。随着年轻人和游客的加入，游行示威的队伍逐渐庞大，示威者先是以摇滚音乐会的形式在林肯公园的草坪上集结，随后开展戏剧表演公开挑衅、嘲弄美国民主党总统候选人休伯特·汉弗莱，讥讽、抨击芝加哥市长戴利对武装力量的操控。表演者高举着"1968 投票给猪"标语牌，随即宣布休伯特·汉弗莱成为民主党总统候选人，此刻标记着"下一任美国总统"的"彩蛋"冲出人群，随后游乐园里的科罗拉多矿工、戴着塑料乳头的美国小姐、戴利市长的政治机器、携带玩具手枪的"绿色贝雷帽"纷纷出场。警察于深夜开始逐步摧毁示威者在公园里设置的路障，并使用催泪瓦斯驱散不屈不挠的示威人群，致使十七名记者遭到警察武装攻击。8 月 26 日警察继续使用暴力手段处理游行示威活动，"游行示威者、记者、麦卡锡支持者、医生，所有人都踉踉跄跄地躲入希尔顿酒店大厅，满头满脸都是鲜血"(Mailer，1968)[180]。康纳德希尔顿酒店路边的旁观者也成为警察的攻击对象，警察突然向路障旁的民众发起冲锋，推搡人群致使餐厅玻璃破碎，而后进入餐厅殴打并逮捕倒地的受害者。在芝加哥游行示威活动中，公众再次见证了极权主义的暴行，"抗议的孩子们"虽然受到重创，但并未落荒而逃，他们默默搀扶起其他的"同志"，有序缓慢地从密歇根大街撤离。新左派社会主义者与嬉皮士是示威活动中真正的勇士，他们组织的示威行动虽遭到暴力镇压，却以摇滚音乐会、戏剧表演、冥想活动等独特方式表达了争取民主的政治主张。作为示威活动的参与者，作者见证了美国民众对极权政治的反抗行动，肯定了新左派和嬉皮士对其政治主张的感性表达。非主流、荒诞不羁的反叛方式是对思想和人性的松绑，同时为打破桎梏、注入生机提供契机。

出于对拳击运动和文学创作的热爱，作者梅勒以采访记者的身份出现在 1975 年出版的非虚构小说《战斗》中。这部小说不仅真实再现了 1974 年拳王阿里与福尔曼在非洲大陆对决的紧张热烈场面，而且通过细致的场景描写、人物刻画和评论分析，展现出非洲人民在蒙博托政府独裁专政下的生活现状，同时引导读者思索黑人种族的精神力量和生存哲学。诺曼·梅勒在多部小说中采用拳击运动来表现老龄化、种族、性别和民族等不同主题，拳击运动员的人物塑造和拳击运动的专业表达在小说《鹿苑》《迈阿密与芝加哥之围》《战斗》《硬汉不跳舞》《怪异的艺术:关于写作的一些思考》等文学作品中屡见不鲜。作者在文学创作中不断阐释拳击运动的文学潜力，不仅为小说中的人物和叙述者虚构有关拳击运动的背景，还直接指涉历史上真实存在的拳击运动员。在《战斗》中，作者表达出自己对拳击运动的独特见解，“拳击运动是所有运动中最为妄自尊大、目空一切的运动。一个人踏入拳坛就是为了博人眼球。因而输掉比赛会令人颜面尽失、名誉扫地。”(Mailer，1975)[49] 在 2003 年《怪异的艺术：关于写作的一些思考》中，梅勒认为自己对拳击运动所产生的终生兴趣源自于拳击与创作的相通之处及两者共同存在的风险。与拳击运动员一样，年迈的作家也面临着类似的困境，“如果作品不能证实自己的重要性，那么作家就没有理由参与这项‘自我毁灭式’的活动。”(Mailer，2003)[126] 由此可见，拳击运动与文学创作的相似之处为小说《战斗》的创作提供了感性的认知基础，作者认为作家与拳击运动员一样，都是冒着颠覆自身地位的风险，顶着毁灭自我的无形压力，挑战极限，走出困境。

小说主人公穆罕默德·阿里早在 1964 年便荣获世界重量级冠军称号，后因拒服兵役被美国地方法院吊销拳击执照。尽管如此，阿里对拳击运动的热爱并未受到影响，他辗转世界各地参加拳王卫冕战，并积极进行反战演说，成为反战人士的代表，深得广大民众的拥护和支持。面对美国的强权政治、种族歧视，阿里并未像许许多多非洲裔美国人一样忍气吞声、逆来顺受，而是选择奋起反抗、顽强斗争。小说中作者毫无掩饰地通过“天堂的王子”“最英俊的男子”等溢美之词，表达对阿里的崇敬与仰慕之情。小说《战斗》创作于 1973 年，拳王阿里不甘十年沉寂，直面挑战、反抗命运的行为与作者推崇的饱受磨难，永不言弃的精神相互观照。梅勒对阿里的钦佩亦源自于他不畏强权的反抗精神和坚韧不屈的顽强意志，作者希望能从阿里身上汲取成长与复苏的灵感和力量，帮助他唤醒迷茫的美国民众，重塑美国时代精神。综上所述，由于对拳击运动和文学创作的热爱，诺曼·梅勒在非虚构小说《战斗》中对拳击训练和比赛场面的描写细致入微，并且在文中多次对拳王阿里敢于反抗、顽强坚韧的斗争精神表达了钦佩之情。同时，作者还从感性的角度分析了阿里身上的神秘力量及其在拳击训练和战术策略中的表现形式，认为这一神秘力量或许能够为唤醒民众、振兴民族提供精神支持。

为探索这一神秘力量的来源，作者在小说《战斗》中先是借助拳击比赛前的个人采访、日常训练预设人物的个性特点，而后通过对比赛中人物心理、战术策略和身体对抗进行精细描写，逐步接近人物的内心世界和精神信仰，进而探索黑人在拳击运动中的精神源泉，为国家发展和民族崛起提供有效的实现路径和力量支撑。换而言之，小说看似是在实时报道穆罕默德·阿里夺回重量级金腰带的拳击赛事，实则是将拳击运动置于多样化的语境中进行深入剖析，以期展现人与人、人与社会以及人与自然的复杂关系，探寻美国艺术复兴、民族崛起的不竭动力。一方面，作者通过拳击运动将一系列的人物联系起来，借助外貌特写、人物话语和情节发展，全面展现扎伊尔共和国人民的社会生活和精神状态。另一方面，作者将独断专制、种族问题放置于特定的国家、民族和社会环境之中，思考非洲黑人群体的创伤经历和生存现状，探索民族振兴、国家发展的可行途径。

小说中的创伤叙事既是感性的，也是理性的。感性表达与理性分析相互交融，互为因果。就拳击运动与黑人群体的关系而言，作者认为拳击运动所需要的素养已经远远超出了此项运动本身。作为一项身体对抗性运动，拳击运动不仅注重体能和力量训练，更注重战术策略的训练、心理素质和意志力的培养。一个成功的拳击运动员需要兼具各项素质，并善于分析总结对方的不足，利用对方的心理和劣势发起进攻，其中最为关键的就是懂得“隐藏自己的动机”。值得关注的是，黑人问题是解读拳王神秘力量无法回避的问题，“重量级拳击手几乎都是黑人”，争霸赛举办地扎伊尔共和国地处南非，“拳击运动是揭示黑人情绪和心理的关键”。因此，作者在小说中将拳击运动与黑人联系起来，并声明如果不了解非洲，就无法理解阿里与福尔曼的对决。由此，作者深入思考黑人主导拳击运动的原因，并尝试在班图哲学中找寻神秘力量的来源。

在小说开篇，作者通过个人见闻和亲身经历，描述了非洲人民生活的自然条件和社会环境，以间接含蓄的方式展现非洲人民经历的多重创伤。非洲人民经历的第一层创伤是社会创伤。20 世纪 60 年代，在美国中央情报局的策划和支持下，刚果共和国国民军参谋长蒙博托发动军事政变，卡萨武布总统接管卢蒙巴政权；后担任军队总司令的蒙博托再次发动政变，推翻卡萨武布的统治并担任总统，推行“人民革命运动”一党专制。1971年蒙博托更改国名为扎伊尔共和国，通过立法推行自己的思想体系“蒙博托主义”，实施对国家政治、经济和意识形态的全面控制。扎伊尔共和国(今刚果民主共和国)在十年之间历经两次政变，政权交接频繁，社会动荡不安，国民生活处在水深火热之中，居无定所、食不果腹成为非洲黑人的生活常态。蒙博托政府的统治非但未能改善生活条件，反而利用政治专制和个人崇拜进一步钳制了民众的思想。作者梅勒在文中感叹，“第一次来到刚果，得知它已更名，虽名字远不如食人族那般令人恐慌。然而，地处‘黑暗之心’边缘的金沙萨，这个约瑟夫·康纳德笔下的古老都城，曾经的奴隶和象牙交易中心，却令人愤恨、令人不适。”(Mailer，1975)[22] 梅勒在黎明时分到达首都金沙萨，路旁的标语异常醒目地标榜蒙博托政府推行的“民族化”战略，“我们要自由。不要妨碍我们的进步；即便道路坎坷，我们依然勇往直前”(Mailer，1975)[20]。盲目排外的口号表现出蒙博托政府的独断专行。国家政府通过宣传手段控制人民思想，排斥一切外来事物。由此可见，扎伊尔共和国已不再是约瑟夫·康纳德笔下的想象世界。作者借由国家更名事件，披露独裁者蒙博托利用种族神话遮蔽独断专权、禁锢非洲黑人思想的不耻行为。

非洲人民经历的第二层创伤是民族创伤。长期的殖民统治和独裁专制不断削弱扎伊尔人民的集体记忆，致使非洲黑人在异己力量的控制和压迫下，丧失了民族精神和个体特性，成为“异化”的族群。作者初访扎伊尔共和国，由于当地酒店无视预订信息，致使梅勒只身一人在黎明时分，花费近一个上午的时间重新寻找住处。在入住“以革命历史著称”的梅美灵酒店之后，“前台的本地人讲着古怪的法语，对待外国人的态度比巴黎人还要高傲”，“操着蹩脚英文的官员话语中充满牢骚”，任何客房服务诉求都会被接线员斥责为“刻意的刁难”，“非洲最粗鲁的扎伊尔人”再次表现出无礼与冷漠。此外，“身着统一制服的政府官员穿行在曾被革命者鲜血浸染的大厅，比利时口音成为‘发号施令’的语言，深受种植园经济影响的扎伊尔人已然忘却了暴政对革命者的屠戮，麻木地任由当权政府操控摆布。”(Mailer,1975)[21]非洲黑人的生存状态极为复杂,殖民经济、政权更迭、独裁专政不仅干扰了扎伊尔人的社会经济生活,也对其思想文化和意识形态产生了根深蒂固的深远影响。蒙博托政府长期以来的奴役和压制使非洲黑人群体丧失了民族独立的思想和反抗压迫的意识。他们听任政府独裁专制摆布,扭曲对民族自主权力的认识。他们一面借助殖民语言彰显自己“尊贵”的社会地位,一面则仇视外来人群,抗拒外来事物。

由此可见,小说所报道的战斗不仅是穆罕默德·阿里与乔治·福尔曼的争霸对决,还是作者审视自我情感判断,思考黑人存在问题的内心斗争。综上所述,小说《战斗》的主题描写远远超出个人拳击领域中的力量对抗,更注重社会问题和民族权力的探讨。作者试图经由拳王阿里的赛事报道,对非洲黑人群体进行感性和理性的深入剖析,展现非洲黑人与美国黑人的相似之处,通过黑人群体经历的多重创伤,探寻种族冲突的情感根源,为美国复兴寻求精神动力和力量源泉。

第三节　个体创伤:身份认同与情感认同

诺曼·梅勒的非虚构作品不仅关注了美国特定历史时期的民族创伤与社会创伤,同时还以人物传记的形式,记录、描述了多位时代焦点人物的人生经历,聚焦个体生命中的困苦与焦虑。20 世纪 70 年代至 90 年代期间,作家梅勒在整理阅读文档资料、调查采访相关人员的基础上,创作出《刽子手之歌》《战斗》《玛丽莲传》《奥斯瓦尔德的故事》四部非虚构传记小说,体现了梅勒对暴力、存在主义和极权主义等主题的深刻反思。

在梅勒的非虚构传记小说中,玛丽莲·梦露与哈维·奥斯瓦尔德是多样化个体创伤的典型代表,备受追捧的影视明星深陷身份焦虑却无力反抗,默默无闻的小人物自我迷失残暴复仇,大相径庭的人生境遇奏出同样的命运悲歌,其中的异曲同工之处引人深思、耐人追寻。除了聚焦身受重创的时代热点人物,作者还在作品中书写了个人所经历的创伤,小说《月球之火》中对女性人物的描写既是个体创伤在文学作品中的表现,也是作者对女性权利的重新思考。

作者选取身份认同和情感认同的角度，展现特定时代背景下人类的生存状况和精神困境，以深入解读个体创伤、诉说创伤体验的方式接近历史真实、理解历史洪流中的个体生命，由此反观历史与个体命运的关联，思考人类存在的价值和意义。

一、身份焦虑与自我迷失：反抗与复仇

玛丽莲·梦露是20世纪50年代著名的美国女演员、模特和制片人，她以天真无邪、美艳性感的女性形象出演多部爱情喜剧片，荣获第十七届美国电影电视金球奖电影类/音乐喜剧类最佳女主角奖，并被美国电影协会评选为“百年来最伟大的女演员”之一。生活在同一时代的作家诺曼·梅勒深受玛丽莲·梦露吸引，他曾坦言自己与梦露有“存在主义般的相似性”(Dearborn，1999)[315]，并于1973年梦露逝世十周年之际，受委托创作非虚构小说《玛丽莲传》。在小说中，作者梅勒采用虚实结合的方式再现好莱坞影星玛丽莲·梦露的创伤经历与精神困境，一方面通过传记小说、影视资料、报纸杂志以及调查采访等真实材料还原梦露的生活境况，另一方面通过想象、猜测和推理“力图理解故事的主人翁”(梅勒，1988)[147]。

首先，在小说《玛丽莲传》中，玛丽莲·梦露的个人创伤源于原生家庭。就个人身份认同而言，母亲格拉迪斯非婚生子，玛丽莲·梦露的父亲不得而知，年幼的玛丽莲·梦露长年寄居孤儿院和收养家庭，身份的缺失导致玛丽莲·梦露极度自卑，她极力为自己的身份辩解，否认自己是孤儿，并认定克拉克·盖博是自己的生父以获取自信。就其双重性格而言，梦露家族具有可考证的精神疾病史，玛丽莲·梦露的外祖父在州立精神病院度过后半生，外祖母黛拉·梦露·格兰杰因情绪失控，在去世前一直在精神病院接受治疗，玛丽莲·梦露的母亲格拉迪斯长期居住在精神治疗中心，母亲的弟弟采取自杀的方式结束自己的生命。梅勒认为，正是由于身份的缺失和精神的错乱，玛丽莲·梦露才“具备成为演员的强大动力”。但对玛丽莲·梦露个人来讲，个人身份和家族病史都是其难以启齿的创伤来源，也成为其情感生活和事业发展的无形羁绊。

其次，作者从身体焦虑和行为反抗的角度探寻梦露不为人知的创伤经历和心理世界，并借助想象和虚构大胆推测她复杂多变的个性特质。作为好莱坞著名影星，玛丽莲·梦露风姿绰约、魅力无穷，然而她却时常因自己的外貌陷入欢喜与惆怅的矛盾之中。法国哲学家米歇尔·福柯在《规训与惩罚》中，利用建筑学原理解释了规训权力在这一现象中的运作机制，以瞭望塔为中心的环形建筑"是一种分解观看与被观看二元统一体的机制。在环形边缘，人彻底被观看，但不能观看；在中心瞭望塔，人能观看一切，但不会被观看到"（福柯，2003）[226]。置身于环形边缘的玛丽莲·梦露备受公众关注，"被观看"的对象不仅受观看者影响，而且受观看者制约。在此，规训权力成为操纵"观看者"与"被观看者"的一种隐蔽力量，当"观看者"接受"被观看者"时，"被观看者"获得肯定、赞赏的积极反馈，由此产生愉悦满足的心理反应，继而维持特定形象；反之，若"观看者"抗拒"被观看者"，"被观看者"则获得否定、鄙夷的消极反馈，焦虑不安的心理状态导致"被观看者"不断审视自我，怀疑自我，甚至否定自我。

在 1962 年 8 月 3 日美国《生活》杂志对玛丽莲·梦露的采访中，梦露坦然承认公众关注给予她的骄傲与光芒，"我的生活里充满荣耀。有时我随便戴条围巾，穿着运动衣，也不化妆就上街买东西，但即使这样我也不会被芸芸众生所淹没"（梅勒，1988）[1]。同时，她也毫无忌讳地流露出对"野蛮人性"的无奈与不满，"我的名声激起人们的嫉妒，人们也似乎觉得我的名声给了他们一种特权，从而他们可以任意诽谤和伤害我"（梅勒，1988）[2]。玛丽莲·梦露以性感女神的形象登上好莱坞的舞台，成为万人瞩目的影视明星，女性魅力的外表不仅为梦露走向成功带来了契机，也为她步入困境埋下了伏笔。第一，规训权力利用公众舆论充分肯定"被观看者"的外貌。作为公众人物，玛丽莲·梦露拥有金发碧眼、曼妙身材，她沙哑的嗓音和摇曳的身姿曾一度成为公众追捧和模仿的对象，"充满肉感的嘴，纤细的腰，丰满的臀部"（梅勒，1988）[45]，甚至连嘴边的"黑痣"都成为性感的象征。《七年之痒》拍摄现场引起的轰动、韩国军营慰问演出不绝于耳的欢呼以及众多导演、制片人、摄影师和社会名流的盛情相邀都是规训权力操控和创造的积极反馈。机场影迷的狂热围堵、东京市民的高声欢呼以及士兵们的振奋与不舍使梦露的身体成为梦露自己和他人愉悦的存在。第二，规训权力利用文化控制反作用于“被观看者”。福柯认为，规训权力是一种“精心算计、持久的运作机制”（福柯，2003）[193]，“用不着武器，用不着肉体上的暴力和物质上的禁制，只需一个凝视，一个监督的凝视，每个人就会在这一凝视的重压之下变得卑微，就会使他成为自身的监视者，于是看似自上而下的针对每个人的监视，其实是由每个人自己加以实施的”（福柯，1997）[45]。造型设计师艾米琳·斯尼莱对玛丽莲·梦露浅棕色头发的偏见，合伙人艾米·格林考究的着装风格和犀利的嘲讽，表演顾问的整形建议一次次将梦露推向对自我身体否定的漩涡。作者在小说中坦言，“如果你想争取一个角色，那么你就必须全身心投入。如果你想受世界瞩目，就必须放弃自己的身份”（Mailer，1973）[63]。最终，玛丽莲·梦露采纳了造型师的建议，将自己浅棕色的头发染成金色，并接受整形手术，“再次加强自己的性感”。在此，作者认为“我们应该赞赏她的勇气，不顾一切地步入关注的焦点，这个已知的无意识暴力中心”（Mailer，1973）[63]。由此可见，作为规训的操练对象，玛丽莲·梦露不得不臣服于规训的手段，通过改造自我身体的方式不断迎合受众的审美趣味，展现出受众期待的“性感”形象，然而在现实生活中，她身体上的反抗和内心里的“呼唤”却无人知晓、无人问津。

除了操纵“被观看者”的身体，规训权力同时压制着“被观看者”的行为。电影制片厂为博得众彩、牟取利润，要求梦露在表演中竭力诠释“性感符号”，展现女性的魅力，以迎合广大受众的心理需求和审美标准。在与20世纪福克斯电影公司签订合同期间，梦露饰演的角色多为“天真的女孩、头脑简单的金发女郎或情妇”，附着在梦露身体之上的特定形象限制她成为一位“严肃的艺术家”。1956年1月变更合同之后，经密尔顿·格林积极筹划，玛丽莲·梦露与导演乔施·罗根会面，并与莫林·斯塔普利顿共同出演《安娜·克里斯蒂》。影片中露骨的表演令梦露身心俱疲，梦露认为这是她一生中“最艰难的一次表演”。与密尔顿·格林合作期间，格林夫妇为促成影片《七年之痒》的拍摄，有意接近奥利弗夫妇，忽略梦露与奥利弗之间的交流与配合。深受偏袒的演员劳伦斯·奥利弗迫使梦露辞退私人表演顾问玻拉·斯特拉思贝格，甚至“粗鲁”地要求她“性感一点”(Mailer,1973)[163]。然而,美国 20 世纪 50、60 年代的社会道德、家庭伦理却要求女性遵从文化生活中的社会规范,树立高雅脱俗的女性形象。作为“被观看的对象”,梦露的衣着打扮、言谈举止,甚至连同生活起居的习惯都受到他人的劝导和管束,第二任丈夫乔·迪马乔因不满《七年之痒》拍摄情景与梦露发生冲突,而后导致婚姻破裂。格林夫妇多次干涉梦露的生活方式,并对她的衣着打扮、举止谈吐给予建议、劝导;琼·克劳福德指责梦露肩带断裂意外事件是博得关注的做作伎俩等导致她不断压制自我、否定自我。由此可见,规训权力无处不在。无论是在影视表演中,抑或是在现实生活里,“被观看者”永远无法摆脱权力的“桎梏”,在行为上接受直接干预,在心理上接受间接影响。

面对权力的重重压制,玛丽莲·梦露并非一味地妥协退让,她在个人情感和事业中不断找寻个人身份,期待能够挣脱束缚,自由展现自我。针对梦露的生存状态,曾因厌女症、男性沙文主义而备受争议的作者诺曼·梅勒一改针砭时事的犀利笔锋,在还原真实生活的基础上,通过互文性策略对女性的生存困境进行重构和解读。小说中的玛丽莲·梦露虽迫于规训权力曲意逢迎,却尝试以独出心裁、标新立异的行为方式反击抗争,呼唤自由。她外出购物不穿底裤引发围观人群的骚动,刻意穿着轻薄的睡衣外出散步博取关注,为争取薪资与工作组发生正面冲突,并且在情感生活中放荡不羁、恣意行事。毋庸置疑,在美国特定社会文化中,诸如此类的反抗举动从道德标准上冲击了“观看者”们的社会规范。对于个人的演艺事业,玛丽莲·梦露严于律己,通过阅读书籍、学习表演等多种方式,不断提升自己的文化素质修养和表演技艺,期待获得受众的广泛认可。在与 20 世纪福克斯电影公司签约的第一年,玛丽莲·梦露拿着十五个人中最为微薄的薪资,“大家都记得,在工作室她为了保持身材,早上六点半在街区晨跑,室友还提到她锻炼用的小哑铃现在已经是吉姆·多尔蒂的珍藏。在工作室的第一个夏天,她与莫里斯·卡尔诺夫斯基和菲比·布兰德一起在演员培训班学习,这个学习班是纽约古老集体剧场的一个分支,也是斯坦尼斯拉夫斯基及其进步政治学的旁系”(Mailer,1973)[67]。此后,玛丽莲·梦露在纽约跟随斯特拉斯贝格学习表演艺术,“她不仅通过学习去锤炼自己的专业素养,还时常沉浸在角色中去感悟技巧”(Mailer,1973)[146],在斯特拉斯贝格的鼓励下,玛丽莲·梦露开始涉足戏剧并在剧院演出,取得斐然成绩。

为深入解读玛丽莲·梦露所经历的个体创伤,作者在小说中分别从身体创伤和精神创伤两个方面分析梦露的恐惧与焦虑及其在自我追寻道路上遭遇的种种困苦。在镜头前,玛丽莲·梦露渴望通过表演艺术证实自己,早日摆脱“粗俗”形象。在镜子中,她希冀通过记忆救赎自我,走出个人的创伤世界,这两面折射梦露身与心的“镜”是解读女性生存困境的关键。英国社会学家安东尼·吉登斯认为,“自我,当然是由其肉体体现的。对身体的轮廓和特性的觉知,是对世界的创造性探索的真正起源”(吉登斯,1998)[61-62]。然而,“身体不仅仅是我们‘拥有’的物理实体,它也是一个行动系统、一种实践模式,并且在日常生活的互动中,身体的实际嵌入,是维持连贯的自我认同感的基本途径”(吉登斯,1998)[111]。就身体创伤而言,在追求爱情的道路上,梦露坚定勇敢地恪守着“趣味比金钱更重要”的原则。她一生经历三次婚姻,生理期她无法正常工作,只能通过服用止痛药来缓解疼痛,医生甚至开具药品为她推迟生理期以减少痛经频次。此外,玛丽莲·梦露患有严重的失眠症,长期依靠安眠药和镇静剂入睡。阿瑟·米勒曾将玛丽莲·梦露服用的药物提交药剂师检验,“药箱检查得到另一可怕的结果:她服用的多种镇静剂中,一些药会与其他药相互作用,产生毒性”(Mailer,1973)[175]。

在精神方面,身份焦虑、工作压力和情感纠葛使玛丽莲·梦露遭受着不可言说的折磨。个人身份的谜团让玛丽莲·梦露始终无法认同自我的存在价值,艾米·格林在访谈节目中的出色表现会令她心生嫉妒,青年演员伊丽莎白·泰勒在《埃及艳后》中的精湛演技让她焦虑不安,奥利弗的高傲与冷漠迫使她委曲求全。“在与合作的演员会面时,她总是显得那么卑微、脆弱和无助,她只知道如何用自己的软弱去吸引别人,或者以缺席、犹豫和需要关照的形象来博得关注”(Mailer,1973)[111]。原生家庭带来的身份困扰是萦绕在玛丽莲·梦露内心的无形“幽灵”,身份认同的缺失造就其自我怀疑、自我否定的双重性格,身份焦虑和性格缺陷促使其在情感生活和事业发展中不断寻求“爱和安全感”,极力期望借助个人努力重塑身份。综上所述,梦露在身体和精神上所经受的创伤已然成为她记忆中无法抹去的伤痛,无人诉说的悲痛经历将她推向恐惧的深渊,她极度渴望自由与尊重,却深受规训权力的压制,一次次的自我怀疑、自我否定催生梦露暴殒轻生的悲剧。

诺曼·梅勒非虚构小说中对个体创伤书写的另一代表作《奥斯瓦尔德的故事》出版于 1995 年,梅勒的研究学者迈克尔·列侬认为,“《奥斯瓦尔德的故事》是梅勒写得最好的传记,一方面是因为作者抓住了奥斯瓦尔德在肯尼迪总统死亡事件中的重要角色,另一方面是由于他与劳伦斯·席勒在苏联获准参阅了克格勃档案,并采访了苏联的情报人员”(Lennon,2004)[6]。根据苏联国家安全委员会的监视资料、奥斯瓦尔德与美国大使馆的来往信函、沃伦委员会的调查报告以及奥斯瓦尔德本人的日记,作者诺曼·梅勒通过材料梳理和采访调查,运用非虚构小说的创作技巧,以苏联和美国两个国家为地理坐标,铺展叙述刺杀肯尼迪总统的凶手奥斯瓦尔德的生活境况和刺杀行动,并以多维视角审视、推测刺杀案件中的不解之谜。

奥斯瓦尔德于 1939 年 10 月 18 日出生在路易斯安那州的新奥尔良,亲生父亲在其出生前两个月因心脏病去世,母亲结婚三次且生活拮据,哥哥约翰·皮克和罗伯特·奥斯瓦尔德与哈维·奥斯瓦尔德曾一同在孤儿院生活。据约翰·皮克与姨母莫雷夫人回忆,奥斯瓦尔德的母亲玛格丽特个性独立、固执好强,因发现丈夫与女性独处,决意离婚、拒不妥协,导致丈夫心脏病发作,不久便溘然离世,由此家庭生活再次陷入经济窘境。为维持生计,母亲玛格丽特不得不外出工作,两个哥哥分别开始工作和上学,奥斯瓦尔德从小被独自一人留在家中,从而形成孤独自处的习惯,哥哥约翰·皮克证实奥斯瓦尔德 11 岁时仍与母亲同睡一张床。无人陪伴的奥斯瓦尔德在独处的生活状态下,依靠阅读书籍,游览博物馆,与动物们交谈来获取心灵的慰藉。1952 年 8 月,母亲玛格丽特突然卖掉沃斯堡市房屋前往纽约市,与儿子罗伯特·奥斯瓦尔德一家共同寄居在儿媳的父母家,但由于家庭开支和电视争执等矛盾,奥斯瓦尔德在母亲的“挑拨”下,与哥哥的妻子拔刀相向,而后不得不搬离曼哈顿区,租住在布朗克斯区。一个月后，玛格丽特因奥斯瓦尔德严重的逃学问题被屡次传唤，学校要求对其进行心理干预，然而奥斯瓦尔德拒绝接受心理治疗。母亲与他一同被送上儿童法庭，法官建议将他送入青少年中心进行管教。1953 年 1 月，母亲在未经许可的情况下，私自将儿子带离青少年中心。父爱的缺失、母爱的宠溺以及群体生活带来的恐惧一步步将奥斯瓦尔德推至社会人群的边缘地带，童年时期母亲异乎寻常的保护剥夺了孩子基本的人身自由和社会交往环境，长期的封闭状态逐渐养成了他特立独行、孤僻乖张的性情。“童年时期所经历的羞辱与恐惧，让他更加勇敢地步入青春期。”(Mailer，1995)[370]

青少年时期的奥斯瓦尔德“做好了斗争的准备”，他开始反抗母亲的压制，质疑姨母一家善意的帮助，并与所有对抗的力量进行“斗争”。母亲为躲避纽约州法律对儿子的强行管制，再次搬迁至新奥尔良市居住。然而，奥斯瓦尔德却依然无法适应学校的生活，因诵读困难症遭到同学们的讥讽和殴打，加入球队后受到排挤被迫退出，又因正当防卫误伤他人而遭到恶意报复。在母亲的放任与纵容下，奥斯瓦尔德逐渐摆脱恐惧和焦虑，开始肆意妄为地大胆尝试，面对寻衅滋事者不甘示弱、拼死抵抗，甚至暗自策划偷枪，密谋抢劫。1955 年，年仅 16 岁的奥斯瓦尔德试图应征入伍，海军陆战队因其年龄太小拒绝接收；为符合征兵条件，母亲玛格丽特再次举家迁往得克萨斯州沃斯堡市，1956 年 10 月 24 日奥斯瓦尔德成功加入美国海军陆战队。青少年时期是性格养成的关键阶段，社会环境、家庭教育和个人行为相互作用、相互影响。对于社交经验相对缺乏的奥斯瓦尔德来讲，母亲在家庭教育中对他的性格养成发挥着不可忽视的作用，母亲的独立与强势使他学会超然独处与逆来顺受，母亲的骄纵与溺爱使他学会孤注一掷与肆意妄为。作为社会活动的主体，奥斯瓦尔德与他人的交互作用进一步促进其性格的形成，饱受嘲讽和欺辱的个体向社会群体、社会制度发起不屈的反抗，成功的反抗助长其刚愎自用、固执己见的性格，同时对家庭的姑息纵容提出更高要求，加深其对他人和社会的敌视与仇恨。

刚刚学会坚强的奥斯瓦尔德，尚未对军营的现实生活做好准备。圣地亚哥新兵训练营的“复合”训练模式让奥斯瓦尔德苦不堪言，因枪械训练不及格，他蒙受屈辱,被称为"废物"。彭德尔顿营地的海军陆战队训练更让这个"娇生惯养、不受关注的男孩"猝不及防,"步兵坦克协同攻击,刺刀拼杀术,两栖登陆训练"令其备受煎熬,"不断受挫的奥斯瓦尔德认为自己像个女人"(Mailer,1995)[381]。在20世纪50年代充斥着男性气概的军营生活中,他与其他队员的兴趣爱好格格不入,他喜欢下象棋、读诗歌,时常独自一人观看节目和足球比赛,因而屡次遭受战友欺辱,并被戏谑为"奥斯瓦尔德夫人"。成年后的奥斯瓦尔德不会选择与挑衅者正面冲突,殊死搏斗以论输赢。他将军营中"冷漠无情的"嘲讽与"无力反抗的"欺凌牢记在心,并伺机"愤怒地予以还击"。奥斯瓦尔德曾用手枪向士兵们附近的墙面射击,据目击士兵爱德华·爱泼斯坦证实,"奥斯瓦尔德当时正坐在床铺上,摆弄一把美式短口径手枪,突然扣动扳机射击,子弹在皮特·康纳头顶七英寸飞过,打进墙上的壁橱里"(Mailer,1995)[383],而康纳正是嘲弄奥斯瓦尔德的士兵之一。由此可见,从表面上看枪支走火仅是一次偶然"事故",实则是奥斯瓦尔德对欺辱行为的有力反击,也是对他人的严正警告。枪支走火事件发生两周之后,部队全员处于"战备状态",随时准备进驻特定地区进行战斗。奥斯瓦尔德使用同一支手枪,射出22口径的子弹擦伤自己左上臂。此次事件本应接受军事法庭的审判裁决,但由于部队不久将离开日本,法律诉讼程序不得不暂时搁置,延期执行。作为"临时处罚",奥斯瓦尔德被派往后勤部门打杂,其部队于1957年11月20日"登上坦克登陆舰",前往菲律宾群岛,因受武装突袭在海上漂泊近一个月之久。奥斯瓦尔德的枪伤恰巧发生在部队出发之前,谣言指责他是为逃避部队军事行动,而自导自演苦肉计。枪支走火事件的再次上演,一方面展现出奥斯瓦尔德对战争形势、部队动向和法庭诉讼的综合分析研判能力,以及其为逃避战争对突发案件、复仇计划和伤情控制的灵活谋划操纵能力;另一方面表现出他内心积压已久的愤懑与仇恨,以及他为达到个人目的,不惜伤害他人和自己人身安全的极端做派。

此外,士兵马丁·施兰德的死因也成为军营中的不解之谜。据当夜值守的士兵珀森斯描述,随着一声枪响,"施兰德倒在距离他五十码处的血泊之中,已无生命体征。他的枪位于他身后六英尺的地上……"(Mailer,1995)[385]官方报告记录,“子弹由右臂下方射入,从脖子的左侧穿出,射杀枪支为施兰德本人巡逻所用武器”(Mailer,1995)[384]。根据调查分析结果,首先,施兰德自杀的可能性被排除,因为枪管的长度超过其手臂的长度,所以他本人无法扣动扳机,射发子弹;其次,据推测施兰德很可能受到菲律宾游击队员袭击,在混战中被自己枪中射出的子弹所伤而致死,然而此推论因缺乏“军营遭到外敌入侵”的证据而被推翻,故而推断为“枪支意外走火所致”。官方报告的定论让士兵们纷纷怀疑施兰德的真正死因,并对巡逻任务十分焦虑。“奥斯瓦尔德曾与施兰德、鲍尔斯乘坐同一辆车从佛罗里达州的航空学校,到达密西西比州的雷达学校,又一同来到日本厚木,然后前往库比基地”(Mailer,1995)[385]。按照常理推论,两人在同一部队服役且一路同行,应该十分熟络,然而“施兰德之于奥斯瓦尔德是敌是友”却无法断定。当夜奥斯瓦尔德也在执行夜间巡逻任务,因其“女性化声誉”而备受怀疑,作者猜测“如果真是奥斯瓦尔德所为,那么在此之后作为一个未被查证、予以惩戒的不法之徒,他会有如何的心理感受”(Mailer,1995)[386]。

军营中的欺辱和霸凌生活让奥斯瓦尔德备受煎熬,他精心巧妙设计的反抗与示威收效极微,与中士米格尔·罗德里格斯的正面冲突成为他性情大变的导火索。奥斯瓦尔德曾以“第七名”的优异成绩成为雷达培训班的出色学员,后厨长期“油腻的”琐事让他迫切希望在结束惩戒之后,继续从事雷达跟踪工作。然而,中士罗德里格斯却安排奥斯瓦尔德继续在食堂帮厨,奥斯瓦尔德因此对其怀恨在心,在酒吧滋事挑衅,将酒泼在中士身上,还叫嚣着要与中士进行搏斗。因部队整顿军纪,明文规定“违犯军规者将受到降级处分”(Mailer,1995)[388],中士故而未与其发生肢体冲突,而是在几天之后将其诉讼至军事法庭进行裁决,奥斯瓦尔德最终因“语言挑衅”,被判处“四个星期的禁闭”。禁闭期间,奥斯瓦尔德声称自己“已经看透了民主社会,释放之后要尝试新的事物……”由此可见,对于奥斯瓦尔德来说,这四个星期的禁闭彻底击碎了他对海军陆战队的崇敬与幻想,军事法庭的裁决让他深深质疑美国社会的公正与民主。自此之后,奥斯瓦尔德开始学习使用微型照相机拍摄厚木空军基地的建筑、设施和雷达天线,频繁出入“蜂后”情报交易中心,并结交日本女友。此外,他接近纳尔逊·德尔加多下士了解世界局势，试图前往古巴协助卡斯特罗，并以前往瑞士学习深造为契机摆脱海军陆战队长达两年的兵役。

综上所述，奥斯瓦尔德不仅是个“默默采取行动的人”，而且特别善于谋划自己的行动，手枪走火事件、学习深造的契机、执勤期间的遇袭事件成功实现他逃避海上作战任务、摆脱服役义务的企图，进一步助长了他肆意妄为、自以为是的狂妄行径。射向皮特·康纳的子弹、马丁·施兰德的蹊跷死因以及与中士米格尔·罗德里格斯的冲突是奥斯瓦尔德对军队欺辱生活和极权主义的不屈反抗，报复心理在屈辱和愤懑中不断得以强化，经由对美国军队等级制度和国家政治体制的质疑，他开始采用极端的方式背叛国家军队，彷徨迷茫地走上寻求自我价值的道路。

二、情感认同与女性权利：赞赏与戒备

在小说《月球之火》中，作者将月球比拟为女性，并用第三人称“她”来指称月球。梅勒先是将月球与女性进行类比，月球绕地球公转的一个周期是 27 天 7 小时 43 分 11 秒，恰与女性生理周期相似；而后经由对月球表面及其公转方式的描写，表达作者对描写对象的复杂感情和怀疑态度。作者一方面通过描绘月球表面来展现其真实样貌，“它看起来像融化的金属或起泡的油漆，或者说是培养皿中遭受细菌侵蚀的样态，抑或是电子显微镜下白血病患者的细胞”(Mailer，1971)[257]，另一方面通过描写其公转方式来揭示其不为人知的心理，“毫无疑问，月球的背面一定隐藏着其他东西。当月球环绕地球，她就像臣民在国王面前一样——她一直用脸面对地球，而后背总是背对地球——所以我们在地球上只能看到月球的脸”(Mailer，1971)[258]。此处，作者采用逼真形象的描摹使月球表面的坑洼样貌与人类遥望夜空看到的“朦胧月色”形成强大张力，不仅表达了作者对人类探月行动的质疑与担忧，同时流露出作者欣赏女性，却又心存戒备的矛盾心理。其次，探月之行是人类利用科学技术对太空的探索之举，然而作者梅勒对于科技在人类文明发展中所起的作用却持怀疑态度。梅勒在小说中直言，“崇尚科技就如同与一位美丽的女子结婚，她为你的城堡提供家具，为你生儿育

女，装饰、照亮你的生活，占据你所有的时间，成为你生活中不可或缺的一部分。然而，一直以来，你对她的真实本性却一无所知”(Mailer,1971)[154]。由此可知，作者认为“崇尚科技”就如同与美貌的女子结婚，人类对科技带来的诸多生活便利赞不绝口，却忽视了科技的本质及其深远影响。在此，女性的神秘与不确定性成为梅勒质疑科技本质的关键，他不仅含蓄否认了女性在家庭生活中的重要地位和辛劳付出，甚至选取设问形式怀疑、揣测女性的情感与意图，“她究竟是爱你，还是恨你？这个问题没有答案，仅是个谜”(Mailer,1971)[155]。

小说《月球之火》对女性的描写主要集中于三位宇航员的妻子，作者梅勒以女性的外貌特征、行为举止描写为主，辅以家庭背景和感情经历，精准捕捉人物在历史特定时刻细微的心理和情绪变化，由此反观女性的社会地位，展示女性神秘莫测的特质。梅勒笔下的女性无论是相貌平平还是精致出众，抑或是矜持内敛或侃侃而谈，似乎都在刻意隐藏自己真实的意图和目的，表面的任劳任怨与内心的委屈隐忍都屈从于内心鲜为人知的秘密。阿姆斯特朗的妻子简其貌不扬，穿着朴素，宛如“小城镇里的教师或者图书管理员”(Mailer,1971)[110]。周日下午，站在一码见方平台上的她转瞬成为“一道迷人的风景线”。在飞船成功着陆之后，简立即忘却早年家庭生活的艰辛与痛失幼女的悲恸，声称与阿姆斯特朗结婚是她人生中最耀眼的时刻。帕特作为柯林斯的妻子同样也接受了记者的访问，她面容姣好，拥有“公司高管或者空姐”的气质，虽举手投足之间略显慌乱，但恪守美国国家航空航天局的礼仪准则，时刻不忘自己的特殊身份，坚决表明自己与丈夫一样丝毫不会介意是否真正登陆月球。其实，她“野心勃勃的面庞”早已表露出争强好胜的个性，但迫于社会舆论的压力和“劝诫”，她只能用“朴素的言论”掩饰自己的情绪与心态。梅勒对奥尔德林夫人琼着墨颇多，她曾竭力成为一名女演员，后因婚姻放弃自己的演艺事业，与梅勒的前妻们有共同之处。她是一位金发的高个子女人，最引人注目的是那双“含情脉脉的”眼睛，她举止得体，落落大方，面对记者“兼具分寸感、亲切感和距离感”。

小说中，作者将此次采访宇航员妻子的活动比作赛马活动，并认为鉴于琼出色的表现，不应该仅获得第三名。梅勒多次将女性角色比作“马”，而她们的丈夫们则是“骑手”，暗示在婚姻生活中男性占据着控制与主导的地位，女性则处于被规训和操纵的被动地位。不仅如此，采访结束后梅勒甚至感慨，“让一个男人去采访英雄的妻子们不是一件光彩的事”(Mailer，1971)[114]，由此作者对女性的态度便可见一斑。首先，作者诺曼·梅勒深受自身家庭伦理思想和传统观念的影响，对女性在家庭、社会中的地位和功能存在一定偏见。其次，《月球之火》创作于1971年，小说创作期间正值梅勒本人遭遇婚姻变故。梅勒与第四任妻子贝弗莉·本特莉分居，情人卡罗尔·史蒂文斯为其诞下一女，梅勒身陷情感纠纷，对女性的认识和态度产生转变，在赞赏的同时又被其神秘特性所困扰。再次，20世纪70年代兴起的女性解放运动和女权主义运动将梅勒推向了舆论中心，梅勒组织与女权主义的公开辩论会，并创作文学作品反驳女权主义者凯特·米莉特。由此，梅勒开始尝试重新思考性别与女性权利问题，他一面对女性的生存困境表示同情，一面在导致性别歧视的传统观念与同情之间摇摆不定，因而他赋予女性深不可测、捉摸不定的“神秘”特质，为自己推崇的“男性气概”开脱罪名。

第三章

诺曼·梅勒非虚构小说中的创伤叙事艺术

20世纪80年代以来，创伤研究发生了跨学科的重大转向，从战争、种族和性别等公共话语研究转向历史、文学、哲学和文化等人文领域研究，研究的重心也转向文学认知范式、文化艺术等文化形式的功能和价值。文学与创伤的关系成为创伤研究的焦点问题，文学表征虽然是创伤书写的重要方式，但是创伤的“不可言说”、文学叙事表达的有限性、创伤叙事与创伤记忆的差距都无法实现创伤的言说和创伤的见证，进而整理记忆，走出创伤。鉴于传统文学叙事的表征危机，创伤叙事采用后现代主义的表现手法，打破传统叙事的线性叙事结构，实现现实与想象、过去与未来的交汇融合。法国哲学家保罗·利科在《时间与叙事》中讨论了创伤叙事的价值，认为“只有在叙事中我们才完整地感知时间，将多样、分散的事件组合，将前后断裂的历史体验参照融合”(Ricoeur，1988)[188-189]。

诺曼·梅勒的非虚构小说通过创伤叙事敉平了历史与小说之间的边界，契合了创伤主体的身体感受和心理状态，以零散、破碎、反复的形式还原创伤、讲述创伤。鉴于创伤体验、创伤经历的文学表征因个体经验、感受和记忆存在个体性和差异性，作者选择从多维度的视角对历史创伤和文化创伤进行见证。创伤再现与创伤记忆的困境要求叙事结构呈现多样化、流动性的特点，作者通过并行时空中的多重叙事和叙事进程中的空间叙事呈现创伤的本真样貌；此外，作者采用多元化的叙述话语，从“作为聚焦对象”的人物话语和“作为聚焦者”的人物感知两个方面，塑造创伤主体的形象，映射时代创伤给人类生存境遇和精神世界带来的重创。

第一节　多维度叙述视角

自西方小说理论诞生以来，叙述视角问题一直备受学界关注，然而叙事学家们对叙述视角的界定与分类却各执一词，其观点也纷呈各异。19 世纪，现代小说理论的奠基者居斯塔夫·福楼拜与亨利·詹姆斯开始将注意力转向小说技巧，并提出“人物有限视角”，分为全知叙述者选择人物的眼光来过滤故事的内聚焦模式，以及全知叙述者透视某个人物内心的故事外聚焦模式。20 世纪初期，詹姆斯在珀西·卢伯克的理论基础上，强调视角问题是小说表达的重要方法，并通过“中心意识”这一聚焦方式将感知者与叙述者分离；1948 年马克·肖勒在《作为发现的技巧》中将视角问题认定为界定主题的关键。在此基础之上，形式主义流派的作家和叙事学家在 20 世纪 70 至 80 年代掀起了叙事视角的研究高潮，1972 年法国叙事学家热奈特提出术语“focalisation”（聚焦），并在《叙述话语》中通过“视角与叙述”区分感知者与叙述者，厘清第三人称叙述中全知叙述与“中心意识”的差别，廓分第一人称叙述中“我”目前追忆往事的视角和“我”过去正在经历事件的视角。1978 年西摩·查特曼系统表述故事层的人物和话语层的叙述者的区别，并在《故事与话语》中提出区别于全知视角的“转换型有限内心透视”。1999 年曼弗雷德依据聚焦者自身的时空位置，从认知视角提出“严格聚焦、环绕聚焦、弱聚焦和零聚焦”（Manfred，1999）的视角四分法。此后，杰拉尔德·普林斯在 2003 年出版的《叙事学辞典》中继续沿用“focalization or point of view”概念间的解释和限定作用，认为视角等同于故事中所有人物的感知，却忽略了视角和“中心意识”的双重性质。同年，博托路西与彼得·迪克逊则主张通过心理实验，将视角结构划分为描述性指涉框架、位置约束和感知属性。在长达一个多世纪的视角研究中,叙事学家们虽对视角类型的划分各持己见,却从不同角度丰富了小说主题意义传递方式的研究,开辟了小说技巧研究的新思路,同时推动了戏剧、电影等其他媒介中视角研究的发展。

"叙述视角指叙述时观察故事的角度"(申丹 等,2018)[88]。与戏剧、电影不同,小说中的叙述者具有双重属性,既是故事的讲述者,又是观察事件的人物。国内学者申丹在深入研究叙述视角的基础上,综合考虑"叙述者"与"感知者"的主体特性,将叙述视角分为四种不同的类型,即无限制型视角、内视角、第一人称外视角和第三人称外视角。第一种"无限制型视角"是"零聚焦"或"无聚焦",即"无焦点观察的"或任意变换的观察角度,叙述者所叙述的内容比故事中任何人物知道的都多,借用托多罗夫首创的公式,即"叙述者＞人物"。在"零聚焦"模式中,视角变化无常,不受任何限制,叙述者全知全能,不仅对故事内容、人物关系了如指掌,而且能够事先预见人物的行为、心理和命运。第二种"内视角"就是"内聚焦",指叙述者通过故事中一个或多个人物的视角进行观察、感知,包括固定式内聚焦、变换式内聚焦和多重式内聚焦三种类型,还"包括第一人称主人公叙述中'我'正在经历事件时的视角,以及第一人称见证人叙述中观察位置处于故事中心的'我'正在经历事件时的视角"(申丹 等,2018)[101-102]。叙述者的观察位置处在故事内部,人物的情感态度、认知能力及观察范围在一定程度上限制叙述内容,因而此种聚焦模式的叙述内容可能与历史真实无限贴近,亦有可能与历史真实有所出入。见证者的观察视角逼真、形象,其叙述的可靠性与历史事件的不实报道形成张力,以碎片化的形式表现个人创伤、社会创伤和民族创伤,反思社会矛盾和时代创伤。第三种"第一人称外视角"是指固定式内视角中的两种特定的视角,"第一人称叙述中'我'追忆往事的视角和见证人叙述中观察位置处于故事边缘的'我'的视角"(申丹 等,2018)[102]。第四种"第三人称外视角"是"外聚焦",指从外部视角观察人物的言行,对人物的立场态度、内心世界不做评价、议论,可用"叙述者＜人物"这一公式进行表达。小说中第三人称的外视角可以通过隐喻、视角置换等方式反映历史事件发生的偶然性和必然性,揭示创伤与心理活动、行为举止之间的因果关联,折射极权政治、社会矛盾对国家发展的影响。

一、“历史学家”与“小说家”叙述视角的交替与变换

作为诺曼·梅勒的重要代表作之一,非虚构小说《夜幕下的大军》通过多种叙述视角的切换,突破了传统小说的叙事模式,以后现代主义的形式消解传统历史叙事的意义和地位,结合历史与小说、现实与想象、写实与虚构的多种叙述策略,展现出20世纪60年代美国的政治图景和社会现实。小说共分为两卷,分别为“作为历史的小说”和“作为小说的历史”,“第一卷是作为历史学家用小说的艺术手法写历史,第二卷则作为小说家以写史的方法写小说”(梅勒,1990)[8]。梅勒在创作中不断切换“历史学家”与“小说家”的叙述视角,以新新闻体的形式还原社会历史场景,为读者营造身临其境的逼真感受。

在《夜幕下的大军》中,作者采用现实主义的笔法聚焦游行场面和示威人群,通过人物梅勒的行动轨迹和位置变换,实时报道历史事件的进展状况,逼真还原游行示威现场的真实样貌。作者采用纵向时间分段和横向体裁分卷相结合的创作形式,分别从“历史学家”和“小说家”的视角描述1967年10月的反越战游行示威活动。小说第一卷按照事件发生的先后顺序,通过人物梅勒的视角和位移,从恩巴萨德影剧院的游行演说动员大会到教堂前的集会,从司法部门前到林肯纪念堂前各地游行群众的大汇合,再到五角大楼前与士兵警察的抗争,直至被捕入狱,以时间为轴纵向展开历史画卷。小说第二卷从“小说家”的视角,与第一卷并行叙述游行示威活动,以“一个新的比喻”“具有象征意义的探索”“经受了考研的美学观点”“美学观点的形成”等文学概念为章节标题,以体裁为轴横向叙述历史、思考历史。

小说一开篇,作者就以诺曼·梅勒的身份参与到反越战游行示威的历史事件之中,而叙述者则选择站在故事之外,采用“历史学家”的视角描述梅勒在华盛顿恩巴萨德影剧院发表反越战演说的经过,同时通过人物对话和神态举止描写刻画出席抗议演说的作家米切尔·古德曼、文学批评家德怀特·麦克唐纳和

诗人罗伯特·洛厄尔等人物的形象。在恩巴萨德影剧院的演说中，梅勒因醉酒姗姗来迟，抢夺德·格雷齐厄的主持权，不满洛厄尔对自己的评价并与其对峙；上场后梅勒借由厕所事件发表污言秽语的演讲，公然回击听众不满，他渴望调动听众热情与现场气氛，却收效甚微。叙述者客观、真实地记录了演说中人物的言辞谈吐、行为举止和神情态度，以“主观真实”的新新闻体形式描写人物特征、报道人物活动、表现人物性格。《纽约时报》曾高度评价非虚构小说《夜幕下的大军》的叙述视角，“在这部非凡的著作中，诺曼·梅勒的方方面面，作为个人和艺术家的梅勒，都同时得到了恰当的表现，……梅勒在恰当的地方找到了完整的自己”(Fremont-Smith，1968)。

“历史学家”的视角是描写反越战游行示威过程的主要聚焦方式。小说第一卷的四个部分以“星期四夜晚”“星期五下午”“星期六的行动”“星期六夜晚和星期天全天”为标题，叙述者按照历史事件发展的时间顺序，通过人物梅勒观察位置的移动与变换对游行示威的进展情况和场景进行细致描写。梅勒跟随游行队伍穿过华盛顿纪念塔下的山包，沿着倒映池走到林肯纪念堂，通过阿林顿纪念桥，越过草坪到达停车场，最终在河边与美国宪兵对抗，并因越过警戒线被捕入狱。此外，游行示威的行进过程、示威人群的群体描写和活动现场的插曲细节，包括示威人群的反抗举动、静坐抗议和遭到警方暴力镇压的经历都是通过历史事件亲历者的视角进行观察、感知和叙述的。值得注意的是，第一卷中所采用的内视角不仅包含梅勒个人的视角，还包括示威活动参与者和见证者的视角。视角各异的点状图景互相印证，互为补充，将示威游行的人物、活动和场景纳入历史时空的维度之中，内视角的自由灵活切换从不同角度以散点透视的形式，构成立体、完整的巨幅动态画面。与此同时，作者借由故事内部人物视角的切换客观还原了20世纪60年代美国所经历的社会创伤和精神困境，不仅是对特定历史时期美国政治、经济、社会、文化的真实写照，也是对美国各个阶层反抗极权主义和抵制越南战争的历史见证。

此外，作者还在小说中多次穿插使用“小说家”的视角评论美国政府、越南战争、现代科技、新左派、新一代年轻人，借由叙述者的全知视角，无情披露美国发动越南战争的本质，犀利批判美国政治现状和社会现实。全知叙述视角超越时间维度和认知限域，从历史和政治角度针砭时弊、发表评论。这一全知视角不仅加强了作者评论分析的权威性，重申了作者的政治立场和批判态度，还表明了作者的写作意图。作者寄望于时代创伤的书写，唤起美国民众的觉醒，引发广大民众对战争、政治、经济和社会问题的关注与思考。在小说第二卷中，作者根据创作意图和叙述内容，自由切换为"小说家"叙述视角，一是采用固定人物有限视角，真实记录反越战游行示威的过程，表达作者对越南战争、美国的极权统治和社会现实的态度，展现他对人类生存现状的思考和美国精神的求索；二是采用无限制型视角，补正反越战游行示威的后续发展情况及示威结果，再现了美国政府的残暴镇压和媒体的虚假报道，进而思考美国走出时代创伤、重塑民族精神的途径。

在罗兰·巴特宣布"作者已死"之后，"作者不再赋予文本以唯一正确意义，不造就普遍的真理主张，也不向读者提供引导，他只是陈列观点，参与争论，展现事实"(张国清，1998)[156-159]。在非虚构小说中，作者诺曼·梅勒并未完全采用传统全知全能的外视角对历史事件进行平铺直叙式的报道，而是借助叙述视角的切换与调控，展现历史事件真实而多样的可能样貌，以及小说人物复杂而多变的内心世界。多维度叙述视角不仅增加了历史场景的多样性，也通过细节描写增强了历史事件的画面感。梅勒之所以打破传统现实主义叙述模式，借鉴现代主义和后现代主义的创作方式，就是为了赋予叙述者绝对优先的位置和视角，客观、公正地观察历史事件，理解时代的精神困境。在此基础之上，读者也能够透过叙述者的视角多维度见证历史事件，跟随叙述者的思维和心理活动一同感知、体验时代创伤。

二、摄像式外视角与变换式内视角的切换与调控

诺曼·梅勒通过摄像式外视角与变换式内视角相结合的方式在非虚构小说中见证历史，再现创伤。摄像式外视角具有较强的客观性和逼真性，能够尽可能真实准确地确定空间位置，还原社会历史场景，加深读者的视觉印象。变

换式内视角也被称为变换式人物有限视角，特指通过故事中不同人物视角的切换，观察不同的事件。人物视角不仅是一种叙事技巧，也是叙述话语的一部分。当叙述者通过人物视角感知、构建故事的空间时，叙述内容又构成了故事内容的一部分。采用人物视角构建故事空间不仅能够再现时代创伤，还能够连通与人物政治立场、心理活动密切相关的想象空间。换句话说，摄像式外视角有助于全面展现社会历史环境，而变换式内视角则是通过不同人物再现创伤的聚焦模式。两者之间的切换与调控能够凸显非虚构小说的特征，也有助于将时代创伤放置在历史环境中思考，从而为人类整理记忆、走出创伤提供参考。

在小说《夜幕下的大军》中，作者首先采用人物梅勒的内视角，通过空间勾勒和群体描写，再现反越战游行示威事件发生的历史场景和真实状况。在小说第一卷第三部分"阵亡将士的大军"一节中，作者选取第一人称叙述中的体验视角，与洛厄尔一起站在华盛顿纪念塔下的山包上，俯视倒映池和林肯纪念堂的游行队伍，真实再现星期六早晨游行队伍的聚集和行进情况。"纪念塔下平平的山包显出一条悦目的曲线，宛如运动场为排水而筑的斜坡。站在这儿看，曲线的线条更加清晰，但效果却大体相同。从华盛顿纪念堂往圆池和带状倒映池步行而下的成双成群的人们一点点显露出他们的身影——先可以看到他们的帽子在山脊的水平线上或隐或现，然后可以看到他们的脸庞；也许这有助于高度集中视线的焦点，端详人们步行的动作好似欣赏一群马的步态，多少有点相同的乐趣，人们似乎在跃马前进，又似乎像优秀导演执导的影片中被摄入镜头的男男女女，就像看电影的人常常会感到在这之前似乎没有看到过这么好的镜头。"(梅勒，1990)[95]这段场景描写采用人物梅勒当时正在体验事件时的聚焦模式，读者能够直接通过梅勒的视角观察、感知游行队伍的规模与行进状态。

在游行队伍的行进途中，由于受到警方管制，浩浩荡荡的人群不得不经由狭窄的阿林顿纪念桥前往五角大楼，"队伍前拥、后退、挤紧、又分散，足足有十分钟。最后游行开始了，像班子齐全的马戏团……当他们接近纪念桥的时候，督导员开路，随后是空心方阵，接着是名人组成的头排，后面蜂拥而上的有几十排、几百排，直升机在头顶上盘旋，警察的摩托车来往疾驶，照相机不停地调整转动装置，好似虻蝇扑翅。……这排山倒海似的人群哄哄然向前移动了三十英尺，又在混乱中止了步，后面的队伍向前突破，或者变得弯弯曲曲，或者挤成一团，已不再像游行队伍，前面堵塞了，挤成什么样子谁也不知道，然后他们又继续前进”(梅勒，1990)[114]。在此，作者通过人物梅勒的视角观察正在通过阿林斯顿桥参加游行示威活动的人群。人物梅勒的视角与叙述者视角的根本区别在于：叙述者对反越战游行示威事件的起因、经过和结果无所不知；而示威人群的视角受到特定位置和个人感知的限制，人物梅勒无法预知游行队伍行进中的拥堵和混乱，仅能通过自身的视角观察拥堵中骚乱的人群，见证游行队伍前拥后堵的真实状况，亲身体验美国政府通过路线规划消磨示威者精力与斗志的手段。由此生动描摹浩浩荡荡的示威人群缓慢行进，步步逼近五角大楼的宏大场景，客观呈现历史事件的发展态势。

随后，作者在小说中不断变换人物视角，精细刻画人物的神情、举止，塑造生动鲜活、个性鲜明的历史人物形象。小说开篇不久，人物梅勒便以玩世不恭的作家身份出现在演说大会上，他大醉酩酊，意图争夺主持权，满口“污言秽语”令观众唏嘘不已。先是对恩巴萨德影剧院的扩音系统不满，“梅勒断定公共演说扩音系统的相位、阻抗和电流幽灵的电子场简直像在与癌吞噬狂合作实行魔法”(梅勒，1990)[39]；开场平平让梅勒十分恼火，他继而故作幽默用爱尔兰腔大声疾呼，而后又用“一种轻松的口吻讲话”，诙谐地为自己尴尬收场。在此，作者正是以演讲现场特定人物的内视角，详尽描述人物梅勒在演说中的状态和表现。他因醉酒寻不到厕所而迟到，为引发观众共鸣而哗众取宠，最后以交回主持权结束演讲。小说借由行为举止、演讲风格和内心活动的描写，突出了人物梅勒为宣扬内心主张大声疾呼，直言不讳、毫不掩饰的语言表达，勾勒出人物放荡不羁、妄自尊大的性格特征。之后，梅勒与罗伯特·洛厄尔等人一同参加游行示威活动，在五角大楼前英勇地与宪兵周旋。作者将叙述视角切换至围攻五角大楼的示威者视角，“他转到宪兵的身后，摆脱了他。他急旋风似的一转，小步跑向第二条宪兵线，接着一阵灵感的冲动，疾速绕过了第二条防线的宪兵”(梅勒，1990)[138]。这一组行云流水、灵活连贯的动作细节描写展现出人物身体矫健、行动机敏的特点,同时反映了梅勒作为反战人士的代表坚持自己的立场,不畏政府的强权压制,敢于挑战的激进形象。随即梅勒因越过警戒线被捕入狱,在沃哥昆监狱度过了二十四小时的"漫长"监禁。出庭时梅勒仍不忘整理仪表,为隐藏褶皱,他用领带的宽舌部分打结,并将领带尾部塞进裤腰,"穿上背心,带上链扣",用手捋平头发,甚至"走过牢房与难友们握手",礼貌地与人告别。作者又一次将叙述视角调控至被捕入狱的示威者视角,自诩为"左翼保守分子"的梅勒在狱中与犯人攀谈,听人演讲,看似悠然自得,实则内心焦灼。生动的内心描写在小说中淋漓尽致地展现出梅勒渴望出狱,与妻儿欢聚的强烈愿望。作者使用大量篇幅毫不遮掩地表现梅勒内心的恐惧与矛盾,用特定人物的感知替代全知叙述者的感知,呈现给读者一个怀揣希望和梦想,时而英勇反抗,时而萎靡不振的希波斯特式代表人物。

除此之外,作者还借用梅勒和其他人物视角,描写了与梅勒一同参加游行活动的友人们。在游行动员演讲会上,罗伯特·洛厄尔因梅勒醉酒抢夺主持权心生不悦,"无精打采地躬着背,坐在地上,目光越过眼镜框的上沿,凝视着他的靴子"(梅勒,1990)[43];然而,在司法部门前洛厄尔慷慨激昂的演说却令梅勒刮目相看,"他轻言慢语,却义愤填膺,好似一股急流"(梅勒,1990)[79]。梅勒认为,洛厄尔虽"附庸风雅"、惺惺作态,却不失为"最优秀和最审慎的传统与准则的代表"。"瘦削俊俏的西西里人"德·格雷齐厄是动员法律保障委员会的首席律师,他举止"腼腆",却"十分精明",不仅能够因势利导,巧妙地化解梅勒抢夺主持权的尴尬,而且善于察言观色,利用非官方的协议,为梅勒争取五天拘留缓期执行的判决。此外,德怀特·麦克唐纳对美国年轻作家梅勒的影响重大,他的个人标准要求"技巧、细心、专注、不讲空话","注意对于现象的感觉"(梅勒,1990)[26],如同"禅宗"一般启发了梅勒的论战风格。麦克唐纳不善于即兴演讲,"他的权威使自己一进门就受讲台上气氛的影响。在灯光下面,他别扭地打着各种手势,斜着眼睛看讲稿,自己说笑话自己笑,活像一只大白鹅,嘶声刺耳地说话,但听众常常听不见"(梅勒,1990)[28]。梅勒与麦克唐纳两人之间亦师亦友的关系虽因麦克唐纳对《为什么我们在越南?》的评论产生隔阂,但梅勒依然十分敬重麦克唐纳。另外，代表全国二十四个抵制组织来到华盛顿教堂前集结的学生干部迪克·哈里斯，司法部门前发言的学生代表，佩戴纳粹臂章与梅勒发生冲突的“纳粹分子”，抓捕纳粹分子的高个子美国警官以及一同遭受监禁的瓦尔特·蒂格、鲍勃·尼古拉斯、图理·库勃佛伯格、诺姆·乔姆斯基等人物均在变换式内视角中自成一格、各具特色。作者在小说中通过调控聚焦模式来还原历史，一面借助人物梅勒的视角以时间为轴铺展历史画卷，一面通过变换式内视角着力刻画历史场景中形色各异的人物，既兼顾了历史学家对反战游行示威活动的真实记录，同时赋予小说家虚构和想象的空间，拉近读者与历史人物的距离，展现反越战游行示威中社会各阶层的局限性，由此启发读者思考时代创伤和精神困境。

此外，作者对叙述视角的切换与调控在其另一部小说《月球之火》中表现尤为突出。作者首先采用摄像式外视角，展现观看阿波罗升空的拥挤人群和喧闹场面。在阿波罗十一号发射的前一个晚上，数以百万计的人群前往布里瓦德，聚集在海滩、岛屿、堤岸、桥梁和石岬上，等待着从六英里、十英里，甚至是十五英里以外见证这一人类伟大的探索壮举。“几十万人齐聚布里瓦德县，每一条公路和堤道上都停满了汽车和露营车，一户人家帐篷的遮阳顶紧挨着另一家旅行车的后挡板，旁边还停着一辆敞着后备箱盖的老旧道奇车。家人有的睡在后备箱里，还有的把他们的脏脚伸出窗外。今晚守在这里的不仅仅是美国的中产阶级，无论是强硬的工会联盟中灌着啤酒狂欢的大块头，还是下等酒馆里瘦削的乡下佬们都睡眼惺忪地巴望着见证这一特殊的时刻。游客与高雅的露营者们汇集于此，谈论着花生酱和果冻、豆瓣菜和黄瓜，郊区的露营者和贫困的工人阶级①也纷纷而至，空气中弥漫着期盼的味道。在这个夜晚，感觉整个南方都在沸腾。”（梅勒，1990）[62] 作者先是通过外视角估算观看阿波罗升空的总人数，“some portion of a million”这一量化的数据表达既可以宏观展现人数之多，又能够烘托布里瓦德县海滩、堤岸和公路上的人群聚集喧嚣热闹的盛大场面。而

① 作者诺曼·梅勒在原文中使用“Okies”指代的是美国奥基乔比的工人阶级，而非俄克拉何马州人。

后作者选用“middle class”“hard trade-unionbeer-binge paunch-gut-and-muscle”“whippy redneck honky-tonk”等复合词生动形象地勾勒出美国各个阶层的不同外貌特征，通过拥挤的露营场地描写凸显人们对阿波罗登月事件的关注与期盼，展现出人们盲目崇拜现代科学技术的热情，同时借此窥视科学技术对人类生活和心理状态的影响。

在小说《月球之火》中，变换式内视角主要采用第三人称人物有限视角，一方面详细描写了阿波罗十一号发射、升空、登月以及返回地球的整个过程，另一方面细致描摹了美国国家航空航天局工作人员外貌、性格和生活经历。在第二章“阿波罗”中，作者结合选择性全知视角和人物梅勒的有限视角，详实记录了阿波罗登月行动的整个过程，从点火测试、发射升空到提速阶段，再到飞船脱离地心引力，进入月球引力范围；再由宇宙飞行中阿波罗与地面进行的日常数据交换、睡眠情况报告、系统故障和操作问题，到登月舱与指令舱分离，降落月球采集标本，树立国旗，探索环形山，直到完成任务返回地球轨道。在小说第一章“火的起源”和“最伟大的一周”两个小节中，作者切换不同视角，对航天局工作人员的工作和生活状态进行精细描写。作者从航天局的建筑构造特征、工作环境和人际交往入手，整体勾勒航天工作人员的基本气质和性格特征，而后着力刻画具有典型代表性的人物形象，聚焦航天人员的家庭关系、成长经历和工作履历等细微环节，塑造英勇无畏、坚持不懈的航天人形象。

作为阿波罗登月行动的采访记者，小说中人物梅勒的有限视角是铺陈历史事实、体验历史环境、感知时代精神的主要聚焦方式。梅勒亲自参观了美国国家航空航天局和载人航天中心，主观地表达出个人的观点，“并非所有的航天局工作人员都亲切而虚伪，或者自带月球气质”(Mailer，1971)[175]，叙述语与人物观点之间不存在任何过渡。“lunar air”是航天工作人员形象的具象化表达，不仅与作者笔下毫无生气的“停车场”“工业联合中心”“医院”“实验室”等建筑空间相互呼应，而且凸显出极权主义钳制民众思想，科技发展泯灭人类个性的个人观点。为进一步直接生动、逼真形象地呈现航天工作人员的具象化特征，人物梅勒将观察对象具体化，通过自身的有限视角对飞船发射行动的两位负责人进行描写。保罗·唐纳利是个已近中年的“矮个子”，他那双闪烁的“绿眼睛”折射出对航天事业无限的激情与热爱。在阿波罗升空前的新闻发布会上，他向提问记者们展示了大量的表格和倒计时工作的各种细节。当被问及是否紧张时，他坚定地反问记者：“如果你不得不进行脑部手术，你会希望外科医生紧张吗？”(Mailer，1971)[175]简单有力的反诘彰显出保罗对阿波罗发射行动的信心与笃定，也同时体现出航天人对月球之行的向往与期待。身材高大的罗科·彼得罗内，眼睛里凝聚着“石油的力量”，脑子里储备着“无数细节”，他与肯尼迪发射中心众多技术人员一样默默无闻，专心致力于“将数百万加仑的燃料注入土星五号的肚子”(Mailer，1971)[176]。沃纳·冯·布劳恩主持研发的“土星五号”是所有航天工作人员的梦想，他们清楚地明白，“一旦失败，糟糕的报应会随之而来”(Mailer，1971)[176]。由此可见，美国极权统治逐步渗透、改变了美国民众的观念。隐遁于科技、军事、媒体等领域的极权主义思想使人们对极权主义的认识模糊化，并逐渐替代简单直接的暴力对抗，成为国家权力运行的重要手段。极权主义对美国民众的控制已深入精神和意识形态领域，人的个性被消除，沦为“机器”“电脑”，成为美国全球扩张和科技竞赛的工具。

此后，作者采用飞行部人事总监唐纳德·斯雷顿的内视角，以载人航天飞船宇航员严苛的选拔标准和推选程序为切入点，对成功执行阿波罗十一号登月任务的指令长尼尔·奥尔登·阿姆斯特朗、指令舱驾驶员迈克尔·柯林斯和登月舱驾驶员巴兹·奥尔德林进行深入、细致的剖析。斯雷顿认为执行登月任务的宇航员需要具备“钢铁一般的意志”“面对死亡的勇气”“深刻的传统思想和伟大的信仰”“无法衡量的强大动力”。他们不仅要“经历严酷的训练，接受媒体曝光，承受非人的压力，还要承担起美国国家航空航天局近十年发展的重任”(Mailer，1971)[293]。阿姆斯特朗是获得斯雷顿首肯的第一位成员，从个人形象和性格特征上来讲，出生于小城镇的背景使他深受美国中西部和南方人的认同，含蓄、沉默、礼貌而拘谨的形象不会引起他人的强烈反感；从个人资质和工作履历来讲，他“曾经是美国最优秀的飞行员之一”，二十一岁时驾驶黑豹喷气式战斗机参加战斗，执行二十八次任务，三次荣获空军勋章；从个人经历和险境求生来看，无论是在家庭生活中还是在航天飞行任务中，他多次直面死亡，并能够冷静分析、果断处置突发情况。作为一名父亲，他经历过女儿离世的悲恸，曾在火灾中奋力拯救家人的性命；作为一位飞行员，他曾驾驶故障飞机返回航空母舰，即便是操纵机翼损毁的飞机也能成功逃离敌军火线，尤其是在执行双子星八号与阿格纳太空舱对接任务时，因机械故障导致两个飞行器快速旋转，阿姆斯特朗沉着应对突发事故，通过关闭控制系统，激活控制系统的推进器，果断中止对接任务，成功拯救同行机组人员。

"阿姆斯特朗是飞行器专家，而奥尔德林则是人类智慧的化身"(Mailer，1971)[299]。与阿姆斯特朗不同，奥尔德林是毕业于麻省理工航天专业的理学博士，他不仅擅长数学、统计学，还掌握了计算机科学和天体力学。作者对奥尔德林的描写主要聚焦在成长经历和情感生活两个方面。幼年时期父亲常年忙于公务，在外出差，疏于对奥尔德林的照顾，与女佣和姐妹们一起长大的他不仅拥有异于常人"强大的消化系统"，而且善于独立思考，破解棘手的难题。西点军校的学习经历同样展现出他超强的意志力，他曾为学业放弃足球爱好，用时一年成为名列前茅的优等生，"对于奥尔德林来说，改变从来都不是优雅的，而是充满挑战的"(Mailer，1971)[301]。奥尔德林认为，在竞争中要为自己设定标准，自我控制才是突破挑战的强大动力。幼年时期父爱缺失导致奥尔德林成年后不善言辞、孤僻自负，但同时培养了他独立思考、解决问题的能力；青年时期父亲的教诲和建议逐步引导奥尔德林树立人生目标、锤炼个人意志、迎接未知挑战。然而，婚后前几年的生活却让奥尔德林近乎"精神错乱"，妻子琼怀孕期间身处异乡，无法忍受孤寂的家庭生活，抱怨奥尔德林不能常伴身边；加之一向沉默寡言的奥尔德林难以容忍妻子的快言快语，两人隔阂不断加深。直至1959年夫妻二人感染黄疸，经受病痛折磨、生死考验的妻子琼逐渐放下心中芥蒂，尝试从丈夫的角度思考问题，支持丈夫为实现人生目标而奋斗。家庭生活中的挫败并未撼动奥尔德林实现人生目标的意志，妻子的妥协包容为奥尔德林的航天梦想提供了精神支持。总而言之，作者认为"奥尔德林的主要性格特征就是孤僻、独立和古怪”,“他的骨子里就流露出机器般的孤独”(Mailer,1971)[300]。作者使用悖论式的表达“the loneliness of computer in a man of enormous will”(Mailer,1971)[300],使得奥尔德林的孤僻性格深入人心,同时揭示出极权主义渗透下人被“模式化”,如同“机器”一般丧失了情感需求和社交能力。

斯雷顿在为阿姆斯特朗和奥尔德林选拔搭档时,综合考虑了宇航员的资历及成员之间的合作能力,故而柯林斯在众多人选中脱颖而出,自然而然成为符合任务“美学框架”的不二人选。就资历而言,迈克尔·柯林斯曾是阿波罗八号飞行任务的执行者,后因接受脊柱手术被安德斯替换,由此可知他的技术水平、操作能力和飞行经验比其他人选略胜一筹。更为重要的是,柯林斯为人随和亲切,具有良好的沟通和协作素质,能够跟任何队员和睦相处。柯林斯正是因此成为登月团队的首选,“任务的逻辑性需要人同机器一样,在一定程度上可以交替互换”(Mailer,1971)[292]。也就是说,斯雷顿选择柯林斯能够规避宇航员之间“心理上的绝对依赖”,三位登月宇航员之间可以根据特定任务或突发情况随机自由组合团队。

综上所述,摄像式外视角和变换式内视角在《月球之火》中的切换与调控,兼顾了阿波罗登月行动的整体进程和主要人物的形象塑造。作者一方面极力还原阿波罗十一号登月行动的历史背景和整体经过,另一方面细致描述特定历史时期人与人、人与社会和人与自然之间复杂多变的关系。人既是太空探索的践行者,也是时代创伤的见证者。美国国家航空航天局的工作人员和宇航员们经由阿波罗登月行动见证了20世纪60年代太空探索的历史进程,同时登月行动也折射出国家极权主义对民众思想的钳制和操纵。由此可见,二战之后的美国极权主义运行模式发生了重大变化,从政治领域逐渐渗透进科技、军事和教育领域,以更加隐蔽的模式延续极权主义的操控。梅勒以极强的政治敏感性洞察了这一事实,披露了极权统治为实现政治目的,罔顾个体生命、消除人的个性的狂妄做派。

第二节　多样化叙述结构

文学是一种语言的艺术。一部成功的叙事作品不仅需要兼顾内容层面的“事件”，还需注重形式层面的“技巧”。时间和空间作为物质的存在形式和基本属性，成为叙述“技巧”的内在维度。首先，小说以语言文字的形式呈现，语言文字的叙述依循一定的时间顺序，完全脱离时间顺序的小说是不存在的，因此“小说首先表现为一种时间性的存在”(龙迪勇，2015)[130]。其次，以语言文字为主要媒介的叙述表现为时间的延续，“语言之流最终产生某种空间”(帕斯，1995)[252]。作为一种叙事手段，空间叙事在现代小说、后现代小说中呈现出多样、复杂的特征。因此，小说中的叙述不仅遵循某种特定的时间逻辑，而且遵循某种特定的空间逻辑。米兰·昆德拉(2014)指出，小说不可能超越它自己的可能性的限度，就是在强调小说作为时间艺术和空间艺术而存在，任何“超越”时间或空间维度的叙述都是不可靠的。巴赫金在《小说的时间形式和时空体形式》一文中写道：“在文学中的艺术时空体里，空间和时间标志融合在一个被认识了的具体的整体中。时间在这里浓缩、凝聚，变成艺术上可见的东西；空间则趋向紧张，被卷入时间、情节、历史的运动之中。时间的标志要展现在空间里，而空间则要通过实践来理解和衡量。这种不同系列的交叉和不同标志的融合，正是艺术时空体的特征所在。”(巴赫金，1998)[274]综上所述，一方面，小说作为审美对象，叙述结构中的时间和空间相互依存、不可分割；另一方面，小说叙述中的连续性和结构性也再次证实，小说既是一种时间性的存在，也是一种空间性的存在。

一、并行时空中的多重叙事

叙事是一种语言行为，无论是口头表达、文字叙事，抑或是图像和符号叙事都与时间密切相关。“小说是一种叙事文体，而叙事的本质即是对时间的凝固、保存和创造”(龙迪勇，2000)。美国学者卓拉·加百利指出：“文本的空间维度中没有任何自为性的存在物。文本存在和被建构首先是在时间上。所谓的‘空间图式’实际上就是一种基本结构在时间中的事物的上层结构。我们不可能

‘绕过’叙事中的时间因素。叙事及其所有成分，都被设定在时间中，所以在某种特定意义上我们可以讨论一种空间的时间性排序。”（加百利，2009）小说家、文学评论家分别从文学创作和文学接受的角度进行尝试和考证，最终认同将小说界定为一种“时间艺术”。美国现代先锋派小说家格特鲁·斯坦因就曾试图在其作品中将小说从时间观念的专制下解放出来，然而读者却无法依照时间顺序建立叙事秩序，致使作品的可读性和接受度都大打折扣。可见，时间无论是作为一种“先验的感性形式”（康德表述），或是一种存在，都是小说叙述中无法完全摒弃和摆脱的重要因素。

在诺曼·梅勒的非虚构小说中，时间不仅是作者叙述历史事实所遵循的重要秩序，而且是构建多样化叙述结构的重要表现形式。就叙述客体而言，历史事件要求叙述者按照时间顺序展现其历史的延续性、关联性和整体性；而对于创作主体而言，梅勒主张通过非虚构小说的独特形式接近历史真实，探寻创伤本源。借助非虚构小说艺术表达的独特性和创新性，线性叙事与非线性叙事在小说中的杂糅成为历史书写的新突破，也为创伤叙事通达历史真实提供了新路径。根据创作题材的不同，诺曼·梅勒非虚构小说可分为社会纪实小说和人物传记两大类型。虽然非虚构作品在文学题材与创作内容方面存在差异，但社会纪实小说与人物传记都采用时间顺序叙述历史事件，塑造历史人物。小说《迈阿密与芝加哥之围》遵循社会历史事件发生的时间顺序，在整体上按照事件发生的先后顺序编排情节，根据事件发生的前后因果再现历史事件发生的社会政治背景、总统竞选的整个过程及游行示威所带来的社会影响。与此相仿，作者以记者身份在小说《月球之火》中现身，移步换景式地报道阿波罗十一号航天载人宇宙飞船运载安装、发射升空以及探月行动的整个过程。作品中虽不乏质疑、议论与想象，但纵观整部小说，作者依然遵照线性时间的顺序记录这一轰动美国社会的热点事件。

《夜幕下的大军》亦是以时间为轴写就的社会纪实小说，时间不仅是记录历史事件发生顺序的重要秩序，而且是探寻历史真实和创伤本源的关键因素。小说分为“作为历史的小说”和“作为小说的历史”两卷，第一卷是作者对个人亲身经历的回忆记录，着重描写梅勒接受邀请、参加游行和被捕入狱的经过。小说章节借由时间标记“星期四夜晚”“星期五下午”“星期六的行动”“星期六夜晚和星期天全天”串拢情节。小说第二卷“兼顾了所有报纸上的有关报道，所有目击者的叙述以及所有可以搜集的有关这段历史的归纳和推断”（梅勒，1990）[272]，以游行示威行动的进程为主线，客观记述游行活动的筹备组织、商榷谈判、游行场面和示威活动，按照时间顺序编排先后发生的事件。

作者在小说中暂时搁置时间的流动性和空间的广延性，借助“小说家”和“历史学家”的视角，在并行时空中展开多重叙事。首先，就历史真实而言，作者由“小说家”的“地平线”视角切换至“历史学家”的“瞭望塔”视角，两种视角既相互独立，又互为补正。如果“各种新闻媒介围绕进军五角大楼事件所做的宣传造就了一片模糊的森林，挡住了历史学家的视线，而我们的小说则提供了看清事实的可能性。”（梅勒，1990）[231]在第一卷中，作者梅勒因越过五角大楼前的警戒线被捕入狱，第一人称视角因而被限制在沃哥昆监狱的特定空间之内，无法再对事态后续发展和整个事件进行跟踪报道，故作者在小说第二卷中引用大量的新闻报道，多方位、全景式报道反越战游行示威活动的进展，力求全面真实地记录这一社会焦点事件。作为“历史学家”，作者摘引了不同报纸对反越战示威人数、警察暴力镇压行为的报道，在“一连串失实的记载中摸索，写下了那一段历史”（梅勒，1990）[273]。《纽约时报》报道“警方和军方的共同估计是：在游行开始以前，最多有五万五千左右的人参加了林肯纪念堂的集会”，“过了桥的示威者在五万四千以上”（梅勒，1990）[261]；《纽约时报》的另一则报道称国防部运用军事照片分析技术测算出“在那儿的人数不超过三万”，作者在此认为人数不实，认为国防部仅估算了“在某一特定时间内的”，桥上通过人数的最高数字，“示威大军的确切人数则无法弄清楚。……警方的估计数乘以四后就比较接近实际数字；左翼的估计数则需要除以二点五才和实际数字大致相当。”（梅勒，1990）[260]然而，示威人数的巨大出入并未引起强烈社会反响。面对军警联合暴力镇压的事实，美国各大报社都对军警与示威民众之间的肢体冲突进行了详尽报道，但报社的政治立场、舆论导向再度受到美国极权政治的把控与操纵，沦为极权主义美国政府宣扬意识形态的喉舌,“要不偏不倚地写一部有关进军五角大楼的历史永远都不可能”(梅勒,1990)[282]。由此可见,在非虚构小说中,作者秉持着“历史学家”客观记录真实的原则,采用线性叙事的形式,摘取立意迥异的新闻报道,在多重文本叙述中为读者提供反复求证历史真实的机会。

其次,就创伤本源而言,在并置的时空中,越南战争成为越南和美国共同经历的创伤,战争重创衍生出无法磨灭的时代创伤。越南战争是美国在世界范围内掀起的霸权争夺战,约翰逊政府奉行的极权主义政策使20世纪60年代的美国处于内忧外患之中。越南战争的合法性和正义性遭到国际社会的质疑,高涨的反战浪潮在美国国内引发大规模的游行示威活动。作者在文中直言越南战争对于美国是“一场罪恶的战争”(梅勒,1990)[194],美国政府利用“可耻的借口”,将战争冠以“爱国主义”之名,“促使人产生无辜杀人的内心狂热”,美军在“每天的行动中要烧死、炸死大量妇女儿童”,“迫使居民背井离乡”(梅勒,1990)[197]。“失去理智”的极权主义将无数人推向无形的罪恶,“其压力之大足以使他们心神不宁,精神分裂”(梅勒,1990)[197-198]。越南战争不仅给越南人民造成了巨大的伤亡和无尽的苦难,同时也让美国政府因战争不堪经济重负。美国国内社会动荡不安,阶级矛盾激化,各个行业和各组织的代表纷纷奋起反抗,抵制美国政府的极权统治和外交政策。综上所述,作者采用切换视角的方式,将同一时间维度内的不同空间并置,结合“小说家”的个人经历和“历史学家”的新闻报道,实现对反越战游行活动的多维见证,展现出20世纪60年代美国政治图景与社会现实,并揭示出战争的罪恶及其为美国、越南两个国家所带来的巨大创伤。

诺曼·梅勒的非虚构小说虽在整体脉络上遵循线性叙事秩序,但其叙事方式却呈现出多样化和碎片化的后现代主义特征。作者通过想象、回忆和虚构等形式,打破了历史小说的线性叙事模式,以时空并置、闪回、延长时距、变换视角等技法展现出历史事件难辨真伪的存在可能,表现出历史人物复杂矛盾的心理世界,为读者无限接近历史真实和创伤本源提供契机。小说《林中城堡》正是这一创作手法的典型代表。2007年1月,诺曼·梅勒在搁笔沉寂十年之后再出力作。《林中城堡》是梅勒在八十四岁高龄时创作的最后一部长篇小说，小说以大量的历史资料为基础，借由小说叙述者"魔鬼"之口，讲述了邪恶的魔鬼对主人公及其家族三代人的影响。小说因兼具历史属性与虚构色彩，在文学界获得褒贬不一的评论。表面上看《林中城堡》是对主人公家族历史的梳理及其青少年时代成长经历的描述，试图通过家庭伦理关系和成长经历，探寻其成为魔鬼的邪恶根源。然而，实际上作者借由非线性叙事，穿插并举多个由魔鬼控制的历史事件，将读者的阅读期待搁置在文本无限的延宕之中。作者在小说中首先通过叙述者与读者之间的对话引出听从恶魔调遣的叙述者魔鬼迪特尔。通过魔鬼迪特尔的叙述，梅勒采用元小说的叙事策略，打破传统小说的线性叙事模式，实现不同历史事件在同一历史时间内的并行叙述。

二、叙事进程中的空间叙事

小说既是时间艺术，也是空间艺术。1945年，英国学者在《现代文学的空间形式》一文中首次提及"小说空间形式"这一术语，之后英美小说理论界关于小说空间形式展开的讨论持续了近三十年。随着现代语言学的发展，以索绪尔为代表的结构主义语言学家们对语言和言语进行了区分，并在言语体系中分析每个成分的性质、在整体中所处的位置及其与同种或相邻成分之间的垂直和水平关系，由此展现语言的空间存在方式。就此而言，文学作品中的空间叙事主要描述两种空间形式，一种是用语言文字描绘故事发生的社会历史场景、具体地理环境以及记忆或想象中的某种境界；另一种是通过时间性的媒介材料构建、呈现叙事作品"结构"的"空间形式"，展现小说的叙事结构，推动整个叙事进程。文论家巴赫金认为，"文学作品中的时空，空间与时间的标示被融合在一个精心布置而又具体的整体中。时间，往往在叙述过程中变得厚实、具体，通过艺术构思显得清晰可见；同样，空间变得充满内容，与时间、情节和历史发展相呼应。这两个轴的叠加及其标志的融合显示了小说世界的时空特点。"(Bakhtin, 1996)[84]美国社会心理学家沃尔特·米歇尔在《图像学：形象·文本·意识形态》中也指出，"艺术品，与人类经验中所有其他物体一样，都是时空结构，而有趣的问题就是理解特殊的时空构造，而不是给它贴上时间或空间的标签。一首诗既不是直义的时间形式，也不是比喻意义上的空间形式，而是一个时空构造。'空间'和'时间'这两个术语只有在相互抽象为独立的、用来界定物体属性的对立本质时才是比喻性的或不恰当的。严格说来，这两个术语的用法是一种隐蔽的提喻，把整体缩减为部分。"(米歇尔，2012)[129]"我们应该寻找一种确切的方式去理解叙事作品表现的空间性以及作品描述的空间与其他结构成分的关系。"(Mitchell，1980)由此可见，小说叙事结构中的空间与时间相互关联、密不可分，无论是片面地强调时间或空间，都必然会导致理解的偏差，甚至会遮蔽事物的本来面貌。

下面将从两个方面分析梅勒非虚构小说叙事进程中的空间叙事。第一，诺曼·梅勒非虚构小说借由故事空间叙事来构建情节，推动情节的发展。首先，值得一提的是作者在文中对特定环境、场所和背景的细致描摹，以此展现故事发生的社会历史背景，揭示社会现实和生存状况。在小说《刽子手之歌》中，加里·吉尔摩获得保释出狱，前往普罗沃市的沿途景致描写即是对凶杀案发时代背景和社会环境的明确交代，"黎明那会儿，远山或者金黄或者绛紫，可现在到了上午，它们却呈现出土褐色，光秃秃的，显得十分高峻。山脊上淋过雨的积雪看上去灰蒙蒙的，这种凄凉的景色深深感染了他俩。从布伦达居住的厄伦姆北郊到普罗沃市中心弗恩的鞋铺仅仅六英里路，他们却花了好长时间。公路两侧购物中心、快餐店、旧汽车寄卖场、连锁服装店、加油站、工具店、交通标志牌和水果摊连绵数英里，还有银行、一家家房地产公司的平房小院和一排排复折式矮屋顶的公寓。几乎所有的建筑物都油漆得像托儿所似的：淡黄、淡橘红、淡褐色和淡蓝色。从厄伦姆到普罗沃的公路两旁，褐色的两层木楼为数很少，看样子是三十年前建造的，它们又破又旧，简直像拓荒时代的酒吧间……头顶上是美国西部广阔的蓝天，只有它没有变。"(梅勒，2000)[18]此段描写将自然风光剪影和社会环境掠影结合，作者按照由远及近的空间顺序描绘"远山的色彩""山顶的积雪""沿途景致"。在自然风景描写中，远山色彩由炫目的"金黄、绛紫"渐变为凄凉的"土褐色"，视觉色彩的变化表现出人物加里·吉尔摩的心情由出狱后的亢奋趋向平静、焦虑。在沿途景致描写中,叙事时距的延长将人物的思绪定格在特定空间之中,而后经由地理位置的切换来推动叙事进程。加里·吉尔摩在变化的空间中完成了由过去到现在,再由现在到将来的穿梭,心绪在时空中飘逸、延展,借助“广阔的蓝天”这一景象返回现实空间。

此外,作者还以白描的方式对凶杀案发生地普罗沃市进行了宏观描写,“普罗沃这座城市布局整齐划一,像个棋盘,宽敞的街道两旁有几栋四层楼房,一共有三家电影院,两家位于主要的商业街中心路上,还有一家在另一条商业街大学路上。普罗沃也有自己的时代广场,是在一个十字路口上。这个广场的一角有座教堂,旁边是所公园,斜对面是座大药房。”(梅勒,2000)[23]普罗沃市“整齐划一”的城市布局反映了美国西部地区的社会经济状况,同时折射出当地人简单朴素的精神文化生活,进而为后文的冲突与矛盾埋下伏笔。此处作者采用赋格叙事的技法,运用社会之境照映生活之境。“棋盘”式的布局与当时的传统价值道德观息息相关,“几栋四层楼房”“三家电影院”“教堂”“公园”“药店”成为商业街和“时代广场”的主要建筑,同样折射出社会生活的人文风貌。由此可见,一隐一显的照映结构所呈现出的社会生活与精神信仰的平和状态,与一个缺失自我认同的创伤主体无法搁置的创伤记忆和疯狂行为形成巨大张力,为即将发生的枪杀案营造出截然相反的氛围空间,进而凸显枪杀案件对美国社会生活和价值观念的巨大冲击。

第二,故事空间叙事在小说中不仅是作者表现创作意图的写作技法,还是塑造人物形象和展现人物内心世界的主要方式。《月球之火》中的空间叙事与上述情形不同,小说中的空间书写兼顾外在空间与内在空间,并在人物形象塑造时共同发挥作用。韩国学者金明求曾表明,“‘空间’是个提供人类活动、思考的舞台,更重要的是空间本身并不具单一性及绝对性,相反地它可能具延展性及多元性。空间之中还会产生许多不同的空间,甚至可以无限产生,无谓数量及大小的限制,完全视所要探讨的深度及范围来定。”(金明求,2004)[8]每一个空间既相互独立,又相互关联,不同的空间生产不同的意义,空间结构的“多元性”和“延展性”赋予空间叙事更加独特而丰富的内涵,因而多重空间叙事结构所产生的意义对塑造人物形象、表征人物性格具有不可忽视的作用。《月球之火》中的空间描写可根据宇航员们的工作和生活场所，分为外在空间和内在空间两种类型，外在空间主要涉及群体生活或工作的公共空间，空间叙事主要侧重表征人物的群体特征和基本共性；而内在空间特指个人生活的私密空间和场所，空间叙事注重表征人物的个体特征和内心世界。

作者先是以记者身份参观、访问美国国家航空航天局，描写载人航天中心的建筑构造和内在布局，"就像一个停车场又平坦又干燥，在路过门卫进入大门的那一刻，你无法确定是在走进一个装有时尚的电脑和电子设备的工业联合体，或是在通过一个新式的最低安全限度的监狱；你无法知道是在参观一个最大的保险和金融公司……或是……做放射性研究的最新和最好的医院……但是，它与大学校园更为相仿，整个建筑如同牙膏一样洁白，窗户镶嵌在铝制窗框里，道路采用直角或精心测算的锯齿形……如若这个建筑群与我们所描述的最糟糕的未来校园一致，整体色彩呈现镁乳般的白色，设施齐全却唯独没有树木，建筑中多半房间与实验室没有窗户，似乎是用来存放电脑的场所，的确就是用来存放'电脑①'的"(Mailer，1971)[17]。梅勒在文中使用多个不同建筑空间与载人航天中心进行类比，展示航天中心的建筑构造和内在布局，赋予空间多样化的意义，表达作者对人类生存状态的关切。从语义的内涵层面讲，作者选取的类比空间"parking lot(停车场)""industrial complex(工业联合体)""prison(监狱)""the largest insurance and financing corporation(保险和金融公司)""the newest and finest kind of hospital for radiological research(放射性研究医院)""college campus(大学校园)... a general air of studies in business administration"具象的、实体般的空间让读者在阅读时产生清晰而深刻的视角印象。空旷、硕大的空间特征让人缺失存在感，冰冷、沉闷的感官冲击将人置于被忽视的地位。从语义的外延层面来讲，"停车场"与"监狱"象征着极权主义的暴力压制和思想禁锢，"工业联合体"和"保险和金融公司"则彰显着极权主义全

① 原文 and did 结尾的强调句式以缩略形式表达作者对美国国家航空航天局工作人员工作空间的不满，人与自然和社会的关联被科学技术割裂，人如同"电脑"一般被搁置在没有生命的空间之中。

球扩张和牟取暴利的企图，“放射性研究医院”与“带有商务管理研究色彩的大学校园”体现着极权主义对民众思想和公众舆论的把持与操纵。作者在小说中择取的典型空间在展现航天中心建筑特征的同时，表露出作者对极权政治、科技发展的否定批判态度。梅勒小说中的空间叙事既有能指，也有所指。因为“主体性与空间连接在一起，而且不断与空间的特定历史定义重新绞合在一起。在这个意义上，空间和主体性都不是自由漂浮的：它们相互依赖，复杂地构成统一体。”(安德森 等，2009)[439] 因而载人航天中心的特定空间意象就与航天工作人员的共性特征结合起来，千篇一律、毫无生气、冰冷白色的建筑空间表征了航天工作人员缺乏个性、沉闷木讷、如同机器一般的群体特征。

此外，作者还对宇航员的家庭住所及其所处的小镇进行细致的空间描写。英国建筑学者安德鲁·巴兰坦指出，“家负载有意义，因为家是我们认识世界的基础，与我们生活中最为私密的部分密切相关。家目睹了我们所受的羞辱和面临的困境，也看到了我们想展现给外人的形象。在我们最落魄的时候，家依然是我们的庇护所，因此我们在家里感到很安全，我们对家的感情最强烈，虽然大多数时间这种情感并没有为我们所察觉。”(巴兰坦，2002)[46] 作者以寥寥几笔勾勒出阿姆斯特朗的住处，“阿姆斯特朗的家十分简朴，高高的斜坡屋顶铺着棕色木瓦。与郊区其他房子一样，这座房子结合了现代与全新的传统风格。深色狭小的房屋配上小小的窗户、长长的房檐，与英国乡村旅馆有几分相仿。”(Mailer，1971)[108]“家”作为“认识世界的基础”，直截了当道出阿姆斯特朗的家庭背景和工作履历。与其他航天工作人员一样，阿姆斯特朗是众多“机器人”的代表，缺乏显著的特征，专心投入工作，“家”就如同“旅馆”，只是暂时栖息的场所，而不是汇聚爱意、温情的港湾。然而，文中对阿姆斯特朗家庭住所的描写只是空间叙事的一个楔子，小镇的空间布局才是作者描写的重点，“这幢房屋位于弯弯曲曲的街道边上，这种蜿蜒曲折的设计并不在于营造漫步的乐趣，而是基于利润的指数，曲线街道与直线街道的成本与收入才是布局设计的关键。这个郊区被命名为埃尔拉戈——就像金斯敦、木材湾和拿骚湾一样，如同精心设计的棋盘，曲折的林荫道与铺砌的道路不合理的连通，一些路根本走不通，还有些路让人转了一圈又回到起点。”(Mailer,1971)[108]小镇的空间描写为家庭住所的地理位置和建筑构造作出了详实的补充说明，从平面地理位置来看，阿姆斯特朗的住所仅是“棋盘”上众多建筑之一，是城镇规划设计的组成部分，两者是部分与整体的关系；而从立体叙事空间来看，空间叙事呈现出“中国套盒”式的结构特征，社会空间中嵌套着家庭空间，家庭空间中嵌套着个人空间，多个空间共生、联合并相互作用，产生浑然一体的艺术效果。“家”是阿姆斯特朗个体精神的表征物，是家庭成员创伤经历和创伤记忆的承载体，也是极权主义控制的势力范畴。在小说中，作者先是描写美国国家航空航天局建筑的外部特征和内在布局，而后写到航天员居住的小镇外貌和家庭住所。小说中的空间叙事以点面结合、内外联动的形式，层层递进，逐步展现宇航员的生活情况和精神状态，表现科技泯灭人性、人沦为极权主义工具的主题，预示美国极权主义称霸计划的失败，表达作者对当时科学技术的质疑态度。

第三节　多元化叙述话语

西方叙事学家对叙事话语的探讨可追溯至古希腊时期，在柏拉图的《理想国》第三卷中苏格拉底区分了“模仿”和“纯叙述”，指出“‘模仿’即诗人假扮人物，说出人物的原话；‘纯叙述’是诗人用自己的语言来间接表达人物的言辞”(申丹 等，2018)[145]。1966年，法国叙事学家托多罗夫提出“故事”与“话语”两个概念，用以区分叙事作品的表达对象和表达方式。“故事”和“话语”的二元区分在叙事学界影响深远，但值得注意的是，“故事”与“话语”并不总是可以区分的，叙述在特定情形下会模糊故事与话语之间的边界，致使两者在现实主义、现代主义和后现代主义等不同文类中出现重合。诺曼·梅勒非虚构小说继承了现实主义作家的创作理念，糅合了现代主义和后现代主义的创作技法，同时通过“聚焦对象”的人物话语和“聚焦者”的人物感知来透视人物关系、人物自身的言语行为和意识活动，细致描摹人物形象，让读者在动态多变的叙事话语中理解历史人物、接近历史真实。

一、“作为聚焦对象”的人物话语

在叙事学研究中，文学作品中的人物有别于“话语层”的叙述者和受述者，属于“故事层”作品所描述的对象。结构主义叙事学研究倾向于将小说中的人物视为“行动者”，关注人物在作品叙事结构中的功能；而传统小说则注重人物的内心活动，认为“作品中的人物是具有心理可靠性或心理实质的(逼真的)人”(申丹 等，2018)[54]，而不是功能。然而，当叙述者在语序、语态等话语层次上的选择导致了故事层面上的变化时，故事与话语之间的界限就会变得模糊不清。“作为聚焦对象”的人物话语则会与叙述者的话语产生重合，同时属于故事层面和话语层面。在人物与人物、叙述者与受述者的交流语境中，叙述者一般主要采用两种方式转述人物话语：一是借助直接引语记录人物话语；二是用间接引语复述人物话语。美国叙事学家普林斯将“直接引语”和“间接引语”视为“通常的”表达方式，侧重于“关注人物话语与叙述者、受述者(以及真实读者)之间的距离变化”(申丹 等，2018)[154]。法国叙事学家热奈特对叙述化话语、间接形式的转换话语和戏剧式转述话语进行了区分，并指出间接形式的转换话语“有较强的模仿力，而且原则上具有完整表达的能力”，叙述者“不仅把人物话语转换成从属句，而且对它加以凝练，并与自己的话语融为一体，从而用自己的风格进行解释”(Genette，1980)[171-174]。本部分将从自由间接引语和直接引语两种类型的人物话语进行叙述话语分析，详细论证作者如何将“作为聚焦对象”的人物话语与叙述者话语结合起来，实现叙述者在情节推进、人物形象塑造等方面的目的。

(一)自由间接引语

与小说《夜幕下的大军》的叙事手法不同，作者在《刽子手之歌》中隐藏于叙述者身后，使用自由间接叙事的策略对主人公加里·吉尔摩进行冷静描写。作者的不在场形式是对传统小说单一叙事模式的突破性尝试，为非虚构小说叙事模式的创新开辟了新的路径，同时自由间接叙事也为作者从多个人物视角塑造人物形象提供了可能。为全面真实贴近人物的原本样貌，作者在恪守非虚构小说“力求真实”的原则下，采取了多元化的人物话语塑造主人公加里·吉尔摩的形象。

首先是直接援引多家权威报社的新闻报道,以第三人称视角客观冷静地勾勒人物的公众形象。犹他州枪杀案在20世纪70年代的美国成为备受关注的热点事件,死刑判决引发了强烈的社会震动,凶杀犯加里·吉尔摩的消息刊登在《纽约时报》《纽约每日新闻》《华盛顿邮报》等知名纸媒上。新闻媒体对枪杀案件各执一词,社会团体纷纷为吉尔摩发声。受新闻报道的影响和引导,公众舆论因吉尔摩坦然接受判决和直面死亡的勇气而反对执行死刑判决。凶杀犯吉尔摩非但没有陷入法律制度制裁和人性道德谴责,反而成为社会各界关注的焦点人物,作者借助新闻报道塑造出主人公吉尔摩漠视死亡的嬉皮士形象。《洛杉矶先驱检查者报》报道,吉尔摩选择"半打装冷啤酒"作为最后一餐,并引用其法律顾问博亚兹的评论,"加里·吉尔摩在生命的最后旅途上确实是个男子汉。"(梅勒,2000)[561]虽因枪杀案沦为死刑犯,但吉尔摩选择以自己独特的方式接受命运,坦然地选择啤酒作为最后一餐,并希望用自己的生命唤醒更多执迷不悟的罪犯。此外,作者还选取了某地方媒体的报道,报道中专攻精神病诊断学的撰稿人对吉尔摩的画作进行了分析研究,认为他的画作"结构严谨,笔法娴熟",作品所表现出的"惊人的连贯性"足以印证"加里·吉尔摩的头脑极其敏锐"(梅勒,2000)[655]。这一报道展现出吉尔摩奸诈狡猾、诡谲多变的个性特征,他善于操纵利用媒体,以精神疾病掩饰自己的罪行;同时,报道也通过撰稿人对吉尔摩画作的评价,展现出他出众的绘画天赋和艺术造诣,由此再次印证吉尔摩并非一无是处的暴徒。

其次,作者通过调查走访凶杀案相关证人,以间接转述的形式拉开叙述者与读者之间的距离,从多个角度细致描摹人物的外在形象和性格特征。恋人尼科尔与吉尔摩初次相遇时,尼科尔觉得"那家伙模样挺帅的","他看上去年近四十,配她是老了点,但他身材修长,眉目清秀,嘴唇棱角分明。他显得既聪明又狡诈,像一个混在飞车队里的老家伙。"(梅勒,2000)[72]这一叙述层面上的转换使叙述者和受述者都在不知不觉中确定"加里·吉尔摩的外貌英俊"。吉尔摩母亲的朋友格雷斯在陪同探监时提到"吉尔摩从没当着他母亲的面趾高气昂过。他和母亲谈话时态度非常诚恳"(梅勒,2000)[480],即便与格雷斯短暂地闲聊,"他的语气也非常温柔，不过稍带一点讽刺意味”（梅勒，2000）[480]。法律顾问丹尼斯第一次探访吉尔摩时，“第一印象是一个智者走进了房间。吉尔摩的面孔显得安静而内向。吉尔摩有一双像是蒙了一层烟雾的灰蓝色眼睛，目光炯炯有神，令人吃惊。”（梅勒，2000）[547]在丹尼斯的眼里，身着白色囚服，赤脚而行的吉尔摩如同一位“新德里的圣人”。在此，叙述者通过对人物尼科尔、格雷斯和丹尼斯的话语转述，使双目如炬、衣着整洁、谈吐文雅的吉尔摩与杀人凶犯的形象构成强烈对比。文本意义产生的张力使人物成为开放性的存在，同时为读者提供思考和想象的广阔空间。

再次，自由间接叙事从不同人物的视角跟踪捕捉吉尔摩内心发生的细微变化。吉尔摩因违反假释条例亲自前往蒙特·考特办公室说明情况，考特“训了他一顿，吉尔摩恭恭敬敬地听着，频频点头”，因而“考特认为，吉尔摩不可能百分百的邪恶，他还是有救的”（梅勒，2000）[53]。初获保释的吉尔摩自知私自离开犹他州会导致假释中止，便主动前往假释官办公室解释自己的不当行为。虽然谎话连篇，但其态度却十分诚恳恭敬，表现出在获得保释初期对自由生活的珍视。在林登麦格拉思装修厂工作期间，工友们对他议论纷纷，称“他不太合群，天天中午坐到墙边的机器上一个人吃装在褐色纸袋里的午饭。他一边吃一边沉思，谁也猜不透他在想什么”（梅勒，2000）[55]。重返社会生活的加里·吉尔摩与周围的人与环境格格不入，长期的监禁生活致使他与社会发展严重脱节，他几乎丧失了情感认知和社会交流能力，内心的孤独与无助迫使他不惜一切代价铤而走险，一次次与命运抗争。为反抗诬陷，他与弗恩的房客彼得·盖洛万大打出手，再次遭到起诉。为获得女友尼科尔的原谅，吉尔摩多次往返于西班牙福克与斯普林维尔，向亲人、朋友寻求帮助，布伦达看到他“神情恍惚”，“他那紧张不安的情绪好像正在一点一点地把空气吞噬掉”（梅勒，2000）[193]。为逃脱死刑判决，他企图通过自杀和越狱等行为博得关注，并操纵和利用新闻媒体及社会团体为自己发声。由此可见，作者在小说中着力塑造的不是凶残成性、狡诈冷漠的凶犯形象，而是一位在自由派和保守派的较量中反抗社会保守势力的存在主义式英雄。作者笔下的加里·吉尔摩在用自己的思想、行为对抗社会主流文化，他不仅是美国20世纪70年代非主流文化的代表，也是一位漠视生命、超然赴死的希波斯特斗士。

综上所述，与其他话语表达形式相比，自由间接引语在人物形象塑造方面具有多种表达优势。首先，就人称与时态而言，自由间接引语通常采用第三人称叙事和过去时态，容易与客观可靠的叙述混合在一起。在《刽子手之歌》中，作者用第三人称客观、冷静地描写人物，让人物的主体形象得以充分展现。其次，就人物话语与读者之间的距离而言，自由间接引语拉开了读者与人物的距离，让读者以旁观者的身份审视美国在特定历史时期的社会现实，从多个角度接近人物的生存状态。再次，就人物的主体意识而言，小说中的自由间接引语与叙述描写交织在一起，形成叙述者、人物和读者三种声音的和声，由此塑造的人物形象更为立体，个性特征更为鲜明，情感特征更为丰富。

(二)直接引语

直接引语是小说中塑造人物形象的常用形式，其直接性有助于非虚构小说尽可能还原历史真实，其生动性能够最大程度保留历史人物独特鲜活的特征。在小说《夜幕下的大军》中，作者引用大量"原汁原味"的人物话语，分别从语气、情绪态度和言语措辞等角度捕捉游行群众的整体性特征，塑造个性鲜明的具体人物形象。就游行群体的整体特征而言，作者打破传统新闻报道的创作模式，通过引用未经加工的人物对白再现反战游行示威者群情激愤的场面。各个社会阶层的人纷纷参与反战游行示威活动，游行人群时而呐喊，时而高呼，甚至引吭高歌，各色言语混杂的"交响乐"反映出游行"大军"的群体构成，人物的语言描写揭示出游行参与者的社会身份、经济地位和文化背景，并成为不同社会群体的标志性特征。

首先，中产阶级自由派主张以理性和科学的方式反对美国政府的极权政策，通过发表反战声明、组织反战演讲的形式反对越南战争。学生统一行动委员会的约翰·威尔逊发出号召："我们必须抵制，我们抵制，抵制，抵制，再抵制。"甚至怒吼着喊出："不行，我们不去。"(梅勒，1990)[106]艾拉·柯林斯问人群："你们要得到和平吗?""要的!"人群雷鸣般地回答。"那好，让我们去争取。"(梅勒,1990)[106]其次,青年学生以自己的实际行动反抗国家的极权统治,他们在司法部门前交回征兵卡,并上台作出表态发言。来自西部的高个子学生说道:"我们的意愿是虽然我们有远大的前程,但我们痛恨这场战争,所以宁可坐牢。"(梅勒,1990)[81]"我准备交回征兵卡,但办不到了,因为几个月之前在堪萨斯城已经烧毁了。"(梅勒,1990)[82]此外,在摇滚乐队指挥爱德·桑德斯的鼓舞和影响下,"众人齐唱:'结束苦难与战争,结束死亡的瘟疫。'背景音乐是绵延许久的呜呜声。"(梅勒,1990)[130]游行人群以"高呼""怒吼""齐唱""呜呜"等话语形式传达着共同的反战请愿,直截了当地表达对极权统治的愤懑,甚至采用谴责与谩骂的过激言语宣泄内心的情绪。另外,激进分子不满其他派别的软弱表现,主张进入五角大楼大干一场。当游行队伍在阿林顿纪念桥上发生拥堵时,梅勒身后的小伙子冲到第一排高声呼喊:"为什么不动?为什么不前进?我来游行是为了上五角大楼,不是在队伍里干等着。"(梅勒,1990)[116]小伙子情绪激动,言辞激烈,凯利斯、梅勒纷纷发声阻止。由此可见,声势浩大的反越战游行由形形色色、观点不一的人员组成,缺乏统一的指挥和领导,呈现出各行其是、各自为战的局面。人物话语是描写人物特征的重要技法,叙述者在小说中并未概括游行人群的整体特征,而是借由游行人群的言语行为予以展现。人物话语不仅能够折射出人物的态度立场,而且能反映出人物的情绪状态。作者正是通过人物话语引导读者深入理解反战人群的内心世界和行为动机,揭示越南战争给整个美国社会带来的巨大压力与苦难。

就人物梅勒的个体特征而言,作者直接引用人物话语,一面真实、生动地记录人物的话语内容,一面将人物的个性、情感和心理活动展现在读者面前。作家米切尔·古德曼、评论家德怀特·麦克唐纳、动员法律保障委员会首席律师德·格雷齐厄、诗人罗伯特·洛厄尔、全国结束越南战争动员同盟主席戴维·德林杰等都是小说中细致刻画的人物,但在作品中作者塑造的最为饱满的人物是主人公诺曼·梅勒,他既是历史事件的参与者,也是小说中的叙述者,同时还是作者本人。就文学创作而言,他是"一半闻名遐迩,一半臭名昭著的作家";就政治活动而言,他是鹰派与鸽派政治博弈中的"左翼保守分子”。作者力图通过整合叙述中虚构与非虚构成分，选取多个社交场景还原人物话语，回顾人物梅勒参与的历史事件，审视人物态度和立场变化，从多个维度展示人物梅勒个性的复杂性与矛盾性。在恩巴萨德影剧院举行的反越战游行动员演讲中，梅勒直言自己迟到是由于“厕所里发生了预想不到的困难”，他操着做作的爱尔兰口音与台下的群众互动，“你们是什么人？是不是一些死脑筋？”（梅勒，1990）[40]面对反应平平的听众，他故作幽默，但收效甚微。人物梅勒坚持反战立场，痛斥美国政府发动越南战争的罪行，为调动听众情绪，他甚至在公众场合口出秽语。作者通过引用人物梅勒脱口而出的演讲话语，让读者感受到主人公对战争的厌恶，以及他不畏极权统治，敢于反抗的英勇气魄。同时人物话语也揭示出梅勒内心的反叛精神，他摒弃知识分子的儒雅斯文，一跃成为离经叛道的斗士。

除此以外，在小说第一部分“自由派的晚宴”中，作者细致描写了人物梅勒与洛厄尔的交谈，洛厄尔两次提及“梅勒是美国最优秀的新闻记者”（梅勒，1990）[22]，梅勒对此评价心怀不满，轻松称呼洛厄尔为“卡尔”，诙谐地回应：“有时候我还把自己看成美国最好的作家呢！”（梅勒，1990）[23]并着重强调：“写一首好诗要困难得多。”（梅勒，1990）[23]在三个话轮中，梅勒与洛厄尔进行了两次思想的交锋，双方态度、情绪和心理都出现了明显的变化与转折。梅勒“第一次用洛厄尔的绰号‘卡尔’”，在顾全颜面、不失友好的原则下，重申自己的“作家”身份。“这话的效果犹如向正在振作精神的英国拳击手的心口猛击了一记勾拳。会场一片惊愕，而听不到英国爱国国歌的歌声。”（梅勒，1990）[23]当洛厄尔因梅勒出其不意的反驳陷入沉思，思索“是谁在他们小步舞式的对话中开火”，梅勒第二次发起话语攻击，重申写好诗歌比写好新闻更为不易，于是双方的交流以“校长式”的笑容戛然而止。作者巧妙地在直接引语中引入自由间接引语，将叙述者的声音与人物的内心独白融为一体，生动形象地表现出人物话语中的语气态度和情绪变化，贴切真实地展现人物的话语风格、心理活动和性格特征。

二、“作为聚焦者”的人物感知

叙述视角既是观察故事的角度，也是表达故事的角度。“视角为表达故事的方式之一，在这个意义上，当叙述者借用人物感知来聚焦，视角则会具有双重性质：既是故事的一部分（人物感知），也是话语的一部分（叙述策略）。”（申丹，2009）[91]人物感知不是单纯的感知，既是聚焦工具，也是叙事技巧，具有故事层和话语层的双重性。叙述者可以自己聚焦故事，也可以通过人物感知进行聚焦。“作为聚焦者”的人物感知是叙述者通过人物的视角进行感知，但视角的选择一直都是叙述者控制着，人物感知也是叙述者采用的叙述技巧而已。因此，与“作为聚焦对象”的人物感知不同，“作为聚焦者”的人物感知是叙述策略的一部分，兼具故事层和话语层的双重性。

诺曼·梅勒的非虚构小说是糅合新闻、评论、自传、回忆录和历史文献等多种文体成分写就的文学作品，小说的创作内容虽聚焦于美国20世纪60、70年代的社会历史事件和时代焦点人物，但是在写作技法方面却结合了历史与小说、现实与想象、虚构与非虚构描写的多样性艺术表达方法。针对不同的社会历史场景、人物形象塑造的需求和象征性细节的表现，作者采用人物梅勒的视角，感知历史人物的生存状况和内心世界。在《夜幕下的大军》《迈阿密与芝加哥之围》《月球之火》《战斗》四部非虚构小说中，作者以人物梅勒的身份现身，结合自己的亲身经历和个体感受记录社会历史事件。小说中的叙述者正是通过“作为聚焦者”的人物感知来弥合历史与记忆、现实与想象的距离，人物梅勒的感知呈现主要分为两种：联想与想象、回忆与反思。一方面，人物梅勒通过联想和想象直接记录表达当前经验和感受，或突破现实的限制对未来进行自由联想；另一方面，借助回忆与反思将意识活动定格在过去的一个或多个时空，以碎片化的创伤记忆再现创伤事件和创伤经历，回忆、反思和阐释过去的经验。

1967年10月，作者诺曼·梅勒受邀参加五角大楼前的反越战游行示威活动。在小说《夜幕下的大军》中，梅勒通过自由联想的方式，深入刻画20世纪70年代美国各个阶层，力求真实再现极权主义统治下的阶级矛盾和社会现实。与保守派教授琳琅满目的居室对比,“两袖清风”的自由派教员对金钱、地位和权力毫无概念。作者再次由室内装潢反观自由派知识分子的价值观,并指出自由派是“未来社会机器的公仆”,只有在月球上才能建立他们的“乌托邦试点城市”。

动员演讲之后,作者与麦克唐纳、洛厄尔在旅馆餐厅共进早餐,商议司法部门前的行动和向五角大楼进军的计划,三人心照不宣地认同“政治开始具有神秘色彩”(梅勒,1990)[92],中产阶级后代的思想发生了重要变化。“新的一代年轻人”相信“启示性的奥秘”,激进地反抗当局精心筹谋的“谎言”,作者由散布谣言的“公司经理”“内阁成员”“报纸杂志的广告代理商”,联想到新左派的政治审美观和古巴的卡斯特罗,进而总结“新左派”与“老左派”的不同之处,他们虽从小深受美国当局的“教育”,却未被“谎言”所蒙蔽,面对极权主义的控制与压迫,他们不再像老左派一样“惊惶不安、呆若木鸡”。经由这番“海阔天空的思考和冥想”,梅勒在中产阶级后代的身上看到了希望。在第二章“作为历史的小说”中,作者又一次联想到“城市中产阶级的子女们”的童年生活和成长经历,并认为他们是“造反派、激进派和年轻的革命者”(梅勒,1990)[277]。游行示威途中,作者与洛厄尔从华盛顿纪念堂一同前往倒映池,一阵嘹亮的号声让梅勒回想起南北战争呐喊声中传来的冲锋号,看到由四面八方集结而来的游行志愿者,梅勒随即联想到向华盛顿进发的军队、装束迥异的化装舞会,以及攻击技术王国的十字军。作者通过听觉和视觉的感官体验来描写这场“象征性的战斗”,将游行示威人群的组织规模、人员构成和外貌特征与美国历史上发生的重大事件相关联,“原始的战鼓”和“左派的战鼓”催促大军“向公司王国的无赖宣战”(梅勒,1990)[99],“大自然的生命力”预示着未来还有弥补的希望。作者通过自由的联想超越时空限制,实现过去与现在的交融,借古喻今地表达了美国民众的力量在历史上是不可忽视的,同时也预见了作者面对当局的强势镇压,对声势浩大、无组织、自发游行示威结果的担忧。

游行示威活动中,梅勒因擅自越过五角大楼前的警戒线被捕,他在前往监狱的卡车上,默默打量着那些负责押送示威者的警官们。首先从年龄、身材、外貌、表情和姿势等角度入手，精细刻画警官们的外貌特征，而后突出表现其内心既“冷漠”又“狂热”的矛盾状态，“在小城镇的警官身上体现了爱国主义和敲诈来的一美元外快的臭气”（梅勒，1990）[159]。之后，作者联想到贪婪、冷漠的“赌场外婆”，借此暗讽麻木呆滞的“国家机器”对美国在越南战争中的残暴行径置若罔闻。为进一步探寻“美国人血液里狂热”的根源，他的思绪从维加斯的赌场、赛马场、职业橄榄球赛场，跳转至“郊区的寻欢作乐”，而后指向“寻找疯狂”的越南战争。最后，作者从警官们的脸想到“老同学脸上的变化”，暗示美国政府希望借助越南战争“净化”形象的企图。文中看似随意、跳跃的意识活动是作者结合美国政治历史背景，细致刻画军警阶层、深入剖析极权统治的独特方式，不仅生动逼真地呈现出“朴实、真诚、肯干的执法人员”形象，同时尖锐犀利地指出“小城镇人”的欲望是美国发动越南战争的真正缘由。

在小说《月球之火》中，诺曼·梅勒描述了阿波罗十一号载人航天飞船成功登陆月球的历史事件，刻画了执行首次登月任务的美国国家航天员的典型形象，同时折射出科技发展对人类心理产生的重大影响。在小说第一部分，作者先是依据出生日期，自称“水瓶座”，通过称谓的象征性意义赋予人物梅勒革新、个人主义和偏执的性格特征；而后联想到美国著名小说家海明威溘然长逝和自己竞选纽约市长惨遭失败，进而将耗费精力参与竞选，最终失去自我的梅勒与即将穿行于“固体、液体与气体”介质之间的阿波罗十一号关联在一起，表现出极权主义争霸行为的虚妄与荒诞。

宇航员形象的塑造主要集中在小说第二部分“阿波罗”中，作者由“机器的心理”“通向月球的轨道”“在太空中几天”“月球的近地面和远地面”写到“如钢似铁的宇航员”，并通过宇航员登陆月球及其在月球上过夜的身体数据反馈、语言行为和心理活动描写凸显三位宇航员个性上的一致性和差异性。整体上看，《月球之火》中人物形象的塑造呈现散点透视状，作者在描写中注重从多个人物视角观察人物，结合宇航员的家庭生活、学历背景和工作经历，从训练、选拔、组队、分工和执行登月任务等多个环节客观真实描写人物在历史事件中的具体行为表现，并采用第三人称的视角解读人物的内心世界，描述宇航员在太空中面对极端环境和复杂任务时的心理变化和应对方式。对于个体而言,柯林斯是阿波罗探月行动中负责控制指挥舱的宇航员,也是唯一未能实现登月的宇航员,作者运用人物感知从精神状态、工作任务和心理活动三方面塑造了一位一丝不苟、任劳任怨、具有高度团队协作精神的宇航员形象。当阿姆斯特朗与奥尔德林执行登月任务时,柯林斯独自一人处在月球远地面,在指挥舱中留守十五个小时,默默承受着巨大的精神压力。作者运用比喻的修辞手法描写柯林斯和他身处的指挥舱,“柯林斯和他的机器就如同处在宇宙边缘的一枚硬币。”(Mailer,1971)[370]此处,作者切换至对柯林斯工作状态的描写,他认真细致地按照常规程序处理、分析数据细节,耗费一整天时间在地图网格上精准定位登月舱的着陆地点。他甘于承担枯燥无味的工作,欣然祝贺其他队员完成登月任务,“柯林斯的忠诚赫然可见——高度的责任感是成为宇航员的必备条件——然而柯林斯接受的是高压之下的考验。”(Mailer,1971)[372]他根本无法在宇宙中享受孤独遨游的“乐趣”,反而时刻因管道杂音、连接处的故障心绪不宁。作者还深入柯林斯的梦境中作出种种推测,展现出浩瀚宇宙与无声空间给人类带来的恐惧与不安,同时勾勒出宇航员如钢似铁般的精神意志、严谨的工作态度和过硬的心理素质。

作者以人物梅勒的身份现身于艺术作品之中,通过“作为聚焦者”的人物感知,将人物的意识活动零散、无序地呈现在读者面前。在以时间、空间和情节为核心的故事层面穿插人物随意性、跳跃性的意识活动,实现了历史与记忆、现实与虚构在非虚构小说中的融合。小说家弗吉尼亚·伍尔夫认为,“把这种变化多端、不可名状、难以解说的内在精神——不论它可能显得多么反常和复杂,用文字表达出来,并且尽可能少掺入一些外部的杂质,这难道不是小说家的任务吗?”(伍尔夫,1990)[339]自发性、无逻辑性的人物感知生动逼真地呈现出人物意识形态的原本状态。这一独特的叙述话语恰好契合创伤叙事的特征,零散、破碎的创伤记忆在叙事话语中跨越时空,牵系着过去,关联着未来。在非虚构小说中,作者选用的人物感知既能真实还原时代创伤对人类心理产生的影响,同时为探寻创伤本源,重塑美国时代精神寻找机会。

综上所述,"作为聚焦者"的人物感知,打破了时间与空间的限制,突破了时间的连续性、内在的逻辑性和结构的完整性,以随意性、跳跃性或零散、或集中地展现人物的意识活动和"内心的真实"。在故事层面,它实现了非虚构小说对历史事实和心理世界的共同观照,呈现出文学内容由外部世界转向意识世界的趋势,并尝试通过叙述话语真实地展现意识活动的原本样貌。在话语层面,它是非虚构小说独特的叙述技巧,体现了文学形式对传统叙事结构和审美标准的突破与挑战。"作为聚焦者"的人物感知不仅是叙述者对叙述视角的调控,还是叙述者转换叙述话语的一次创新性探索。

第四章

诺曼·梅勒非虚构小说中的创伤叙事价值

作为一种独特的“精神科学”和认知实践，文学具有自身的价值内容和生成方式。文学价值是作者在创作过程中对现实生活的艺术再现，既是个人情感的有效表达，也是人类认知世界的重要方式。“文学的价值在于：艺术家在对于生活的独特感受、发现的基础上，出于情感的和思想的需要，通过想象和幻想，以语言符号为手段而对世界进行的一种审美的再创造，或者是文学主体在特定遭际、感悟中某种独特情感的宣泄和抒发。”(敏泽 等，1999)[164]由此可见，文学价值是作者的主观与现实的客观相统一的产物。文学价值的生成是作者、读者、文本以及文学评价体系等多种因素共同作用的结果，不同社会文化语境中的文学价值观念和类型不尽相同。

20 世纪国际政治形势发生剧变，科学技术和社会经济取得了突飞猛进的发展，两次世界大战、经济危机、种族矛盾、地区冲突等社会现实问题引发的战争创伤、种族创伤、社会创伤和个人创伤逐渐成为文学的主要内容和题材。创伤研究领域发生的两次转向将文学从语言艺术的有限领域中解放出来，赋予它政治、历史、文化和社会等多元化价值。作为创伤研究领域内“真正的思想家”，“也是最权威、最原创型的跨学科理论家”(Felman，2002)[173-174]，凯西·卡鲁斯开创性的研究著作提供了一种启发性的理念和全新的阅读方法，她主张“将创伤、心理分析和历史纳入完整的、综合的、新颖的视野。这一视野通过以下三个关键点进行概括总结：(一)创伤是历史体验的基本维度，对创伤的分析提供了对历史因果关联的新理解；(二)灾难体验的后果被蒙上了生存的迷雾，因此对创伤体验的分析提供了认知毁灭与生存关系的新思路；(三)创伤体验指向他者，需要我们聆听他者的声音，因此这暗示了面向他者的人性和伦理向度”(Caruth，1996)。卡鲁斯将心理分析、文学批评、批评理论融入创伤研究，为历史研究和文化研究领域提供一种新的研究范式，实现了创伤研究在人本精神和价值重构研究层面上的跃升。诺曼·梅勒非虚构小说创伤叙事研究是在创伤研究学理构架上的一次研究探索，研究立足于非虚构小说文本，深入解读作品中的创伤叙事内容和创伤叙事主题，归纳分析创伤叙事的艺术表达，探究非虚构小说创伤叙事的历史价值、认同价值和美学价值。

捷克小说家米兰·昆德拉认为，“一部传记的价值，在于它所揭示的事实的新颖与准确。一部小说的价值，则在于揭示某种存在直至那时始终被掩盖着的可能性。换句话说，小说发现的，是在我们每个人身上隐藏着的东西。”(昆德拉，2003)[277]本书从创伤的角度深化了诺曼·梅勒的非虚构小说研究，就本体论而言，非虚构小说从创伤亲历者、见证者的视角，将创伤事件放置在特定历史时期中进行剖析、阐释，在接近历史真实的同时，还原人类生存状况。就认识论而言，创伤叙事以个体记忆、集体记忆和文化记忆的形式再现时代创伤，探寻创伤本源，推动不同历史主体反思历史、理解创伤，为整理记忆、走出创伤提供参考。

第一节 非虚构小说中创伤叙事的历史价值

在语言学研究发生转向之后，美国史学家海登·怀特受到后现代主义观念的影响，提出“元史学”的概念，认为历史研究不在具体的历史事实层面，而在历史话语层面。“在特定的过去中，对‘发生的事情’所做的纯粹字面的记述只能用来写作一部年代纪或编年史，而不是‘历史’。历史编纂作为一种话语旨在建构一系列事件的真实叙事，而不是就情势做一番静态描述。"（怀特，2004）[8]学者赵静蓉也在探讨创伤记忆的文学表征时，提出"真实的历史是由各种各样的细节交织构成的，在极端环境中，伦理或道德不仅不是唯一的解释，甚至未必是最重要或最主要的解释。对错、是非、善恶的分界也许反而是最模糊、最不稳定的"（赵静蓉，2017）。创伤与人类生活如影随形，无论是家庭生活、社会生活还是人类命运都无法完全摆脱创伤。个体生命的生老病死、社会体制的变革转型、国家种族的兴衰存亡，乃至整个人类的生存发展都经历了无数的创伤，任何时代、地域或文化都留下了创伤的印记，故而创伤是文学永恒的主题。20世纪以来创伤研究的转向使创伤与文学之间的关系成为学者们研究的焦点，创伤叙事既是创伤的文学表征，也是历史的记忆化书写。战争创伤文学中的反战文学、大屠杀文学以及原爆文学是最具代表性的创伤文学。战争的亲历者、幸存者和见证者以叙事的方式整理创伤记忆，见证了二战期间纳粹对犹太民族的屠杀、原子弹爆炸给广岛和长崎两座城市带来的毁灭性灾难。由此创伤记忆不再是个人创伤体验的抒写，而是警醒人类反思战争与和平、正义与邪恶以及生存与发展等问题的切入点。总而言之，首先创伤主体见证、经历创伤，形成创伤记忆后，通过创伤叙事还原历史的本来面目；其次，人类通过见证历史、传承记忆，深化对历史的反思，探索人类的生存方式。本节将从以下两个方面探讨创伤叙事的历史价值：一是创伤事件的历史见证；二是创伤记忆的历史补正。

一、创伤事件的历史见证

非虚构小说中创伤叙事的历史价值首先表现在对创伤事件的历史见证方面。社会纪实小说《夜幕下的大军》《迈阿密与芝加哥之围》《月球之火》分别记录了美国20世纪60、70年代备受瞩目的反越战游行示威活动、美国总统选举和阿波罗登月行动。传记小说中的《刽子手之歌》《奥斯瓦尔德的故事》以人物传记的形式再现犹他州凶杀案与肯尼迪总统遇刺事件的社会历史背景，展现美国社会生活的现实和精神生活的困顿。

小说《夜幕下的大军》分别以“作为小说的历史”和“作为历史的小说”两卷，从“历史学家”和“小说家”的视角全面记录了1974年美国反越战游行示威活动的整个过程。从各地集结的游行大军按照美国政府事先批准的游行路线、集会时间和集会地点举行抗议示威活动，但当游行队伍到达五角大楼时，政府却调集大量军警在大楼前严阵以待，所有越过警戒线的示威者皆遭到殴打，并毫无例外地被卡车押送入狱。作者亲眼目击军警与示威者之间的肢体冲突，游行示威群体以各自的方式抗议美国政府发动侵略战争、屠戮越南百姓。广场上的示威活动持续至深夜，军队使用催泪瓦斯驱散示威群众，随意逮捕示威者，制造混乱，并组成楔子队形用刺刀和枪柄开道，肆意殴打示威者，粉碎示威者的抵抗。在小说中，作者结合自身经历和新闻报道，对这一创伤事件进行了“瞭望塔”和“显微镜”式的描述，将20世纪70年代的政治图景客观真实地呈现在读者面前。面对内忧外患的国家政治形势，美国政府并未深刻反思越南战争所带来的社会影响，而是采用暴力的手段镇压游行示威活动，示威群众在镇压中遭受逮捕、殴打和囚禁，军警的粗暴行径给整个时代留下了无法抹去的创伤。

1968年美国第四十六届总统选举引发芝加哥民众游行示威，作者根据亲身经历创作非虚构小说《迈阿密与芝加哥之围》，设置“尼克松在迈阿密”和“芝加哥之围”两个章节描写理查德·尼克松参加总统竞选的整个过程，以及芝加哥民众举行的游行示威活动，真实记录美国政界发生的重大历史事件，揭示美国政府对民主与自由的压制，还原极权主义统治下美国民众的生活状态，呈现美国民族精神和自由意志所遭受的时代创伤。作者以采访记者的身份出现在小说中，通过纳尔逊·洛克菲勒、休伯特·汉弗莱和理查德·尼克松等多位民主党及共和党候选人的欢迎阵营和宴会规模，论证“政治就是财富”的政治观点。然而，约翰逊政府对国会的控制不仅体现在对座次安排、音量控制和媒体操纵上，还表现在对国家民主和公民权利的肆意践踏上。警方使用催泪弹驱散林肯公园的游行示威人群，暴力镇压希尔顿酒店前的示威活动，甚至包围动员会组织的集会，对游行人群发起武装进攻。身处这一特定历史时期的作者，用客观冷静的笔触记录美国政治、经济和社会发生的一系列变化，同时也敏锐深刻地揭露美国民众的自由和民主已沦为极权主义的牺牲品，民众的爱国热情与个人权利被肆意践踏，身体与精神的重创将成为镌刻在美国民众集体记忆中的一道疤痕。

二、创伤记忆的历史补正

作者诺曼·梅勒在非虚构小说的创作中注重追求历史的真实，无论是对历史场景的再现，还是对历史人物的刻画，作者都主张以个人或集体的创伤记忆为主要评判标准，再现历史事件和历史人物的原本样貌。在小说《夜幕下的大军》中，作者多次引用报社关于反越战游行示威活动的报道，但前后报道中示威者人数上的出入却未引起社会的广泛关注。《纽约时报》报道“警方和军方的共同估计是：在游行开始以前，最多有五万五千左右的人参加了林肯纪念堂的集会”，“过了桥的示威者在五万四千以上”（梅勒，1990）[261]。然而《纽约时报》的另一段话与之前报道的人数相差甚远，“国防部宣称它已经从空中拍摄了有关在五角大楼的示威人群的照片，并且运用了军事照片分析技术，结果得出了在那儿的人数不超过三万的结论。”（梅勒，1990）[261]作者认为国防部的估计没有什么价值，它只是“在某一特定时间内的最高数字”，根据梅勒的亲身经历和经验估算，在林肯纪念堂前集结的游行队伍至少由三万五千人构成。作者依据个人记忆对林肯纪念堂前集结的人数和过桥的人数进行推测，由于游行路线受限，有将近一万多人并未过桥，并且“当一些人刚刚到达五角大楼时，另一些人已经离开了那儿”（梅勒，1990）[262]。由此可见，新闻报道的真实性也有待进一步核实，部分权威报社在特定历史时期沦为了美国极权主义的喉舌，并未发挥正确的舆论导向作用，而作者凭借个人对历史事件的亲历记忆从多个维度补正了反越战游行事件的规模及其在社会各个阶层产生的影响，为真实还原历史时期的历史事件打开了崭新的视角，为全面展现美国社会经历的时代创伤提供可靠的记忆补正。

此外，创伤叙事对创伤记忆的历史补正作用还体现在小说《玛丽莲传》中，作者结合新闻报道，举证分析多位证人的证词，对玛丽莲·梦露死因进行大胆推测。第一，多人证实玛丽莲·梦露缺乏自杀动机和精神征兆。就健康状况而言，按摩师拉尔夫·罗伯特证实玛丽莲·梦露身体状态逐渐好转，并曾骄傲地告诉他，“他们给我弄来了一战时期的药”(Mailer，1973)[227]，她只需要服用水合氯醛就可以顺利进入睡眠。就工作成就而言，摄影师乔治·巴里斯为玛丽莲·梦露拍摄了一组照片，“她的眼神中丝毫没有自杀的念头。就是一位敏感、坚定的年轻女性穿着毛衣坐在沙滩上，看起来伤感而坚强。”(Mailer，1973)[227]在此期间，她的照片登上了世界各大杂志的封面，影响力远超伊丽莎白·泰勒为影片《埃及艳后》所做的宣传。她即将接受《生活》杂志理查德·梅里曼的采访，与二十世纪电影制片厂工作室负责人洽谈合作业务，还将为《服饰与美容》《生活》《时尚》杂志拍摄一系列照片，并邀请伯特·斯特恩再次为她拍照。“所有事物的未完成状态是另一线索，她生命的最后一天还在与到访的拉里·席勒商谈《花花公子》签约合同的有关事宜。”(Mailer，1973)[236]第二，多项证据和证词存在重大疑点。首先，尸检报告所提供的证据破绽百出，在玛丽莲·梦露死亡不到十二小时之内，“尸检报告竟随意定论，死亡时间不详”(Mailer，1973)[237]。此外，“尸检报告证实死者胃部、肠道不存在食物”(Mailer，1973)[237]，若此项尸检结果属实，她空腹服用巴比妥类药物致死的证据将在血液检验中得到佐证；若此项结果虚假，要么所有关于晚宴的证词都是谎言，要么就是医生在尸检之前清洗了死者的胃和肠道。其次，玛丽莲·梦露死亡当晚的通话记录被无故删除。“据报道，联邦调查局在玛丽莲·梦露死亡后第二天，前往圣莫尼卡电话公司的办公室，销毁了所有通话记录。”(Mailer，1973)[242]根据玛丽莲·梦露按摩师罗伯特的回忆，他曾接到电话接听服务专员反馈，“有一位声音模糊、忧郁的女士来电”(Mailer，1973)[237]。令人不解的是，所有接到玛丽莲·梦露电话的亲人或朋友都会察觉到她声音的异样，却无人前往查看或寻求帮助。值得关注的另一疑点是玛丽莲·梦露的女管家默里夫人所提供的证词，“凌晨三点玛丽莲·梦露的房门紧锁，她在敲门无应答后，前往花园透过卧室窗户查看。她声称看到玛丽莲·梦露横卧在床上，姿势奇怪，于是她便给格林森医生打电话,请他过来看看”(Mailer,1973)[240]。作为一名精神科医生助理,默里夫人并未自行采取施救措施,而是选择等待医生前来救治,这也不在常理之中。第三,据玛丽莲·梦露公司合伙人艾米·格林回忆,玛丽莲·梦露曾透露正在与社会名流交往,按摩师拉尔夫·罗伯特也表明玛丽莲·梦露曾谈论过与“鲍比”的特殊关系。梅勒在文中大胆推测能够动用海军陆战队直升机的人物屈指可数。然而,上述的证词似乎与 1962 年 8 月 5 日官方媒体报道的事实“玛丽莲·梦露自杀身亡”出入较大。作者在小说的致谢部分写道:“也许我们必须认识到所有这些工作所带来的启示,传记中的细节并不比失落时空中的矩阵褶皱更易于理解。如果每个人都是一个谜,那么我们也许会在谜团关系中找到唯一的真相。”(Mailer,1973)[262]玛丽莲·梦露的死因一直没有得到定论,创伤事件的亲历者与见证者以证词、叙述的形式,为创伤记忆提供更为真实可靠的证据,借助个体记忆补正集体记忆,还原历史的真相,展现人物的悲剧命运。

小说《奥斯瓦尔德的故事》中,从“证据”和“性格”两个层面探讨奥斯瓦尔德刺杀肯尼迪总统的可能动机和潜在阴谋。就“证据”而言,作者认为“证据本身无法揭示奥秘”,“证据的本质还会让其产生与自身相反的解释”(Mailer,1995)[775]。首先,作者引用调查人员的证词,对作案枪支的瞄准镜、射程和瞄准流程进行解析,而后通过弹道学专家的表述从专业角度分析子弹轨迹,质疑奥斯瓦尔德具备超乎寻常的射击水平。他如何使用四倍聚焦的瞄准镜在一百码内,完成对移动目标的精准射击,子弹又如何在打穿德州州长康纳利的手腕后插入大腿。其次,鉴于之前奥斯瓦尔德在射击俱乐部失败的打猎经历,作者对奥斯瓦尔德完成刺杀任务的胆量和能力产生怀疑。一个在十英尺内错失猎物的枪手,如何在五秒半的时间内完成八十八码内的三次射击,精准的枪法和沉稳的心态与众多亲历者和目击者记忆中的奥斯瓦尔德格格不入,因而作者断言“没有人能够确定我们的主角不仅是凶手,而且是唯一的凶手”(Mailer,1995)[778]。此外,作者还根据多位见证者的回忆,证明奥斯瓦尔德生前对肯尼迪总统评价较高,并未流露出仇恨或不满。由此,作者一方面引导读者深入思考奥斯瓦尔德刺杀肯尼迪的复杂动机,另一方面暗示奥斯瓦尔德刺杀行动背后隐藏着不可告人的政治企图，推测选择奥斯瓦尔德作为杀手的目的在于混淆视听，嫁祸政敌。除了上述证据所隐含的推测，作者还从“性格”方面对奥斯瓦尔德的刺杀行为进行剖析，奥斯瓦尔德的政治意识形态表现出虚无主义的主张，他试图通过“反对政府，反对人民，反对一切”的做派引起公众的关注，一方面进行还击报复，另一方面助推自己成为“历史的主人”。他企图利用刺杀事件被捕入狱，“像希特勒、斯大林和列宁一样”(Mailer，1995)[782]，在狱中撰写政治纲领。然而，射杀警官蒂皮特的行为彻底粉碎了他妄图成为“圣人”的幻想，因而他不得不编造出“我只是个替罪羊”的口供为自己辩解。沃伦委员会的调查记录、警方收集的作案证据、目击者与亲历者的口供以及作者多方走访获取的信息虽在一定程度上证实了奥斯瓦尔德刺杀总统的罪行，然而奥斯瓦尔德背后可能隐藏的神秘组织及其真正企图仍是悬而未决的谜。历史事件在表面上构成了《奥斯瓦尔德的故事》的主要叙事内容，作者以主人公在苏联和美国的生活经历为主线，客观冷静地描写奥斯瓦尔德刺杀肯尼迪总统的全过程。然而，作者的创作意图并不在于澄明历史进程中的善与恶，而在于通过创伤记忆的烘托映衬，探究湮没在正史叙述中的细枝末节，揭示非理性在人的行动中发挥的重大作用。

第二节　非虚构小说中创伤叙事的认同价值

文化记忆理论具有兼容性，它既是一种文化理论，也是一种记忆理论。基于文本研究的需要，本节将从记忆理论的视角考察文化记忆，以区别文化记忆和人类记忆的其他形式。20 世纪 20 年代法国社会学家莫里斯·哈布瓦赫将集体记忆划分为借助肉身的记忆和超出肉身的记忆，并强调记忆与语言和意识一样，需要通过个体之间的交流和传承，才能存入内容、形成格局。德国文化记忆理论研究学者阿莱达·阿斯曼分别用“被融合的记忆”和“被分化的记忆”指称上述两种记忆，继而扬·阿斯曼进一步区分人类的记忆，认为记忆包含个体维度、社会维度和文化维度三个维度。在个体维度，记忆作为个体行为和神经现象备受心理学家、脑病学家关注，研究领域主要涉及记忆水平、记忆能力以及记忆损伤等；记忆的社会维度强调记忆在个体之间的交流，在短时间内形成交流记忆；在文化维度方面，记忆借助象征性的客体，以文字、符号、图画等形式实现跨越时间的传承，形成文化记忆。面对历史的创伤，无论是个体、民族、社会乃至国家都有记忆的使命和反思的责任，“记住什么，从而遗忘什么，以现在为立足点，个体将众多的历史细节筛选、过滤，通过反复的‘叙述’来修正自身所受到的伤害。通过个体的反复咀嚼，形成集体的共识和道德规则，从而建立真正的道德常识，并在社会层面上自觉遵守，这才是社会进步的可能，也是个体记忆为修复文化创伤最终要达到的目的。这才是记忆之伦理的真义。”(赵静蓉，2015)[140]

身份认同是一个现代性概念，“是一个伴随着复杂社会文化心理与审美价值情感的身份确证过程，是认同主体重新确立个我的社会地位、行为模式、情感心理与审美价值的动态过程，它超出单纯的经济社会学而指向文化人类学与哲学美学题域。”(谷鹏飞，2013)20 世纪 60、70 年代，美国内政外交陷入困境，国际关系与社会环境发生了前所未有的巨变。面对动荡的政治局面和激化的社会矛盾，许多美国作家执笔直抒对国家命运的担忧以及对极权统治的不满，一面反思时代创伤，一面寻求身份认同。从约瑟夫·海勒的《第 22 条军规》到托马斯·伍德的小说《肯尼迪先生》，美国作家以直击战争现实、披露社会问题和塑造英雄人物等多样化的形式传承爱国之情，宣扬美国精神。与此同时，诺曼·梅勒在 1959 年出版的《为我自己做广告》中希冀通过文学创作表达个人对国家命运的关注，改变美国民众的道德认知，“在我们时代的意识深处掀起一场革命”(Mailer，1959)[17]。

自诺曼·梅勒步入文坛以来，他一直秉持“追求真实”的创作理念，以犀利的笔触和独特的方式记录着美国的政治经济形势和社会矛盾，关注着美国的民族精神和人类的生存状况，因而成为美国文学史上影响非凡、备受争议的作家之一。从整体上来看，梅勒的非虚构小说折射的是美国长达半个世纪的社会历史现实，其作品基于历史文献资料的收集整理和采访调研，借助对历史事件的个人记忆，勾连出多个呈“散点分布”的个体记忆，由此作者运用合理的想象和推测，打破历史叙事的禁锢，进入集体记忆的领域，实现文学对历史的见证和补正。本书试图将诺曼·梅勒的非虚构作品置于文化记忆理论的视域之下，分别从个体记忆和集体记忆两个方面，再现创伤叙事中的历史真实，探讨人物身份的建构及文化政治诉求，阐释创伤叙事在人类生存层面的精神指向。

一、个体记忆与身份认同

中国学者陈新在《历史与思想：文化记忆与历史主义》一书中谈到，“个体记忆是一个重构的过程。人可以根据其处境和具体需求建构和再现过去。实际上，回忆的过程处在主观经历、客观记录的历史事实和官方意识形态之间的张力之中。每一次回忆都是一个全新的重建，对同一事件的前后两次回忆无论从其角度和在内容上都不尽相同。被回忆的内容所具有的意义并非固有，而是后来被加进去的，不仅取决于回忆者的当下，而且与他之后的打算相关。回忆是一个人对过去进行的积极的和有选择性的建构过程。”（陈新 等，2014）[33-34]个体记忆的“选择性建构过程”受主观经验和客观环境的制约，从记忆理论的角度来看，记忆的“自我认识功能”涉及一个人的过去，同时关乎一个人的未来。时间是个体记忆中至关重要的影响因素，个人的生命周期、社会的发展时期和文化的历史时期对于人的个体记忆而言都是不可或缺的。德国社会学家托马斯·卢克曼指出，“人的身份是由时间沉淀而成，而记忆在其中犹如一个必不可少的器官，它从时间和自我两个原料不间断地制造出身份这一合成物。我们在时间的长河中能够调整自己，这句话意味着，我们首先要知道我们自己究竟是谁，从而形成适时的身份(diachrone Identitat)。”（陈新 等，2014）[17]因而，“人必须经历时间的厚度(Zeittiefe)或者深厚的时间(Tiefenzeit)，然后才得以确认自己在这个世界的位置。也正是在这一点上，文化理论与记忆理论相重叠。我们有理由说，人在这个世界生存需要两种记忆，一个是短时间之内的交流记忆，另一个则是长时段之内的文化记忆。”（陈新 等，2014）[13]由此可见，个体记忆在进行自我身份建构的过程中，必然受到交流记忆和文化记忆的影响与作用，只有通过个体、社会和文化三个层面才能获得适时的自我身份。

在非虚构小说中，梅勒融合了事实与“仿真叙述”，采用非虚构与虚构相结合的方式来建构人物身份，一方面通过纪实性叙事考证历史人物和历史事件的真实性，从本质主义角度追问“我是谁”。另一方面以小说的创作形式接近人物的精神世界，从建构主义角度寻求“我将是谁”“我应该是谁”的确证信息。梅勒认为，这种创作方式提供了更多的空间去探究“众多封闭而静默的生命”，“也许比小说更加准确”(Mckinley，2017)[75]。

第一，就认同主体而言，现代社会的发展打乱了先前个体与群体的结构，致使认同主体对自我身份以及自我在社会结构中的原本位置产生质疑和焦虑，并自觉地对自身的身份地位、行为模式和情感心理进行反思和批判，以期重新建构身份。按照时间顺序纵观梅勒的非虚构小说，《夜幕下的大军》(1968)、《迈阿密与芝加哥之围》(1968)、《月球之火》(1970)中的作者梅勒现身于小说之中，既是小说的叙述者，又是小说中的人物，作品承载着作者的个人记忆，同时表现出其对自我身份的思索与探寻。细读小说《夜幕下的大军》，作者在文中选用不同的社会角色定位主人公梅勒，“作为勇士、假想的将军、过去的政党候选人、准备战斗而日渐衰老的文学界的磨难人的孩童、六个孩子的明智的父亲、激进的知识分子、存在主义的哲学家、勤奋的作家、说脏话的老手、四个好斗而可爱的妻子的丈夫、酒吧间友好的酒客、被夸张了的街坊好斗之徒、主持聚会的东道主、轻慢女东道主的客人。”(梅勒，1990)[141]同时，作者以多重身份现身于不同的社会历史场景。在自由派晚宴上，他醉酒失态沦为“最恶劣的势利小人”(梅勒，1990)[14]；在游行示威动员演讲中，他是“林登·约翰逊可爱的矮个儿至交”(梅勒，1990)[54]；在沃哥昆监狱里，他成为“过去的革命者，微不足道的企业家，左翼保守主义者”。人物梅勒的多重身份和故事情节源于作者对个人政治活动、文学创作和家庭生活经历的演绎，人物梅勒的个人身份在不同场合频繁切换，在横向上拓展个人身份的可能范畴，体现了作者从多个维度对个人身份建构的探索与思考。

第二，就认同结构而言，追问自我确定身份的主体会不断调试自我身份，努力适应变化中的情势，在社会内在结构和价值取向上获取同一性。因此，在对自我身份和世界认知反思和批判的基础上，作者还跟踪描述了人物梅勒的思想观念、心理行为变化过程，从纵向上探究个人身份建构的完成情况，并寄望通过个人伦理的建构实现对美国社会伦理的道德拯救。20 世纪 60 年代，越南战争将美国民众卷入战争创伤，并对美国的国际声誉、社会经济和思想文化产生了最为广泛、最为深远的影响。美国民众在翻涌的社会历史浪潮之中，面临着意识形态、国家利益和伦理道德的多重考验，梅勒作为激进的左翼保守分子、政治活动家和社会知名人士也陷入身份困境之中。

结合作者的生活经验来反观文本，《夜幕下的大军》中的主人公梅勒前期在政治活动和文学创作中遭遇的挫败，对情感、婚姻和家庭生活的认知，以及被捕入狱的经历都是个体记忆的文学表达。作者在第一卷中讲述了梅勒参加反越战游行的个人经历，在接到老友古德曼邀请他加入游行的电话之后，他“心情不佳，本能地感到获胜的可能性是极小的”，表示自己“不愿意在失败者身上花时间”（梅勒，1990）[8]，认为“这种活动是多余的。文学创作是对付越南战争唯一的办法。”（梅勒，1990）[9]然而，此时作者在 1965 年攻击约翰逊演说的个人记忆突然闪现出“理想主义”的光环，唤醒了梅勒局限在观念认同上的反战伦理道德。反越战游行的过程中，作者通过第三人称的视角观察人物梅勒在战争伦理和个人良知之间的倾向与抉择，梅勒时而因泯灭人性的越南战争痛斥美国政府罪行，时而为美国社会传统道德的沦丧大声疾呼，时而为自己可能遭遇的监禁、暴行恐惧担忧，甚至因看到抗议人群惊慌撤退而掉头逃跑。梅勒的怯懦与恐惧在此刻到达顶峰，面对强大的军事机器他默然选择屈从于美国政府的铁腕统治，直至遇到“镇定而安详”的麦克唐纳，他的怯懦与羞愧才再次转化为向五角大楼进发的勇气，最终梅勒因非法闯入禁区被法警逮捕入狱。小说细致描述主人公梅勒个人经历，旨在深入剖析其在身份认同层面作出的努力。他先是由观念上的赞同者转变为行动上的支持者，后又从游行示威的旁观者变为激进的反越战先锋，存在主义伦理思想促使梅勒追求个人自由，反抗美国极权政治，质疑主流社会思潮。法国存在主义哲学家萨特认为，“人的自由先于人的本质并使人的本质成为可能，人的存在的本质悬置在人的自由之中。”（萨特，2012）[53]作者正是通过解构传统小说的创作方式,以新新闻体的形式消除伦理无意识对现实的歪曲,分别从个人记忆和身份认同层面,突出主人公梅勒通过反思性批判与选择,在个体、群体、社会和文化中实现稳定的身份建构,表现出作者强烈的社会责任感及其崇尚自由、追求民主的伦理思想。

同样,发表于1968年的《迈阿密与芝加哥之围》是梅勒参与美国国家总统选举采访活动,见证军警暴力镇压行径,遭遇关押、审讯又获得释放等经历的文本反映,之后的《月球之火》真实记录了阿波罗十一号成功登陆月球并完成探月行动的整个过程。作者作为社会焦点事件的亲历者,表达出对科技发展的质疑和对人类未来生存状况的担忧。在社会纪实类的非虚构小说中,作者关注个体记忆及其对身份认同的影响,以纪实与评论、现实与想象相结合的方式记录个人对身份认同的思考和探索,寄望于通过个人的伦理思想找寻社会伦理的道德救赎之路。

二、集体记忆与文化政治

由于个人回忆的不可靠及其易受扭曲和支配的特性,依赖个体记忆创作的文学作品在评论界备受批评与指摘。梅西勒指出:"一个人不能说记忆是如实的或准确的,如果记忆有一种真相,那么它更多的是情感的真相,而不是现实的真相。"(Maechler,2001)[242] 托马斯·肯尼利的小说《辛德勒的名单》虽建立在深入的档案研究和与幸存者的调查访谈之上,但作者本人却曾声明"小说中包含了一种混合[①]的形式",悬浮在事实和虚构之间。本杰明·威尔科米尔斯基的《片断:童年记忆,1939—1948》曾获得美国和法国多个声望极高的奖项,但经众多文学评论家多方研究考证,证实了威尔科米尔斯基在其作品中捏造了历史。为捍卫作品的非虚构性,阿特·斯皮格曼和普利莫·利瓦伊曾分别为各自的作品《毛斯》和《被淹没的和被拯救的》抗议,强调个体记忆与历史真相的一致性。个体记忆似乎难以摆脱事实与虚构二元对立的窠臼,但如果把文学作品置于文

① faction 是 fiction 和 fact 的合成词,在大屠杀小说中特指事实与虚构的混合。

化记忆或集体记忆的理论之中，文本的活力便会得到激活。

文学是历史的产物，却无法超越历史。集体记忆与个体记忆在历史重构中发挥着至关重要作用。南希·伍德指出集体记忆和个体记忆两种模式之间的关键区别是，“个人记忆受无意识法则的支配”，而“公共记忆则是就一些社会群体和权力分配的需要”（Wood，2000）[2]进行记忆内容的选择与重组。值得关注的是，“集体记忆是一个群体内的所有成员所共享的、有关过去的表述”（陈新等，2014）[30]，它处在政治结构的边缘，一方面集体记忆不可避免地将个人记忆的建构牵涉进社会框架之中；另一方面，集体记忆无法脱离社会文化和政治背景，对历史的重构有着深刻的影响。

历史的主体是由个体组成的，个体之间的交流对集体记忆具有重要的影响作用，社会个体在特定历史时期的思想道德与行为举动都会影响历史的走向和文化的发展。在小说《夜幕下的大军》中，作者正是借由个体记忆来定位社会事件发生的历史时期，并通过个体记忆补正集体记忆，由此表现集体记忆与历史伦理既矛盾又统一的辩证关系。首先，作者以个体记忆为线索，修正新闻媒体对社会历史事件的不实报道，为广大读者提供见证社会历史的特定伦理身份。小说的第一部分是根据梅勒个人亲身经历的回忆来铺展情节的，从游行示威的规模、五角大楼前的抗争和军警的暴力镇压等方面披露权威纸媒的不实报道，从而让读者回归特定的历史伦理环境，为读者客观、公正地审视历史、反思历史提供全新的历史伦理身份。这一特定身份既不归属于当下的时间范畴，也不拘泥于当下社会伦理语境的限制，而是站在历史发展的角度以旁观者、见证者的身份对不同伦理语境中的文学作品进行解读、分析和阐释。作者以游行示威参与者的身份进入文学的历史现场，利用集体记忆中共有的现象对社会历史事件进行客观的分析和评论，从而远离虚假的历史现场，摒弃抽象、主观的道德评价，展现特定伦理环境中人的自由意志与社会政治文化的矛盾和冲突。

其次，作者采用陌生化的表述对话历史、重构集体记忆。集体记忆“是集体自我形象的反映，而这一自我形象又是为了应付历史和政治的挑战而构建的”

(陈新 等,2014)[31]。虽然建构起来的集体自我形象存在虚构的成分,却是集体身份认知的核心,标识着集体在历史发展中的地位和方向。在作者笔下,美国的国家形象发生巨大变化,“昔日,她曾美貌无双。如今,她却长满天花。”(梅勒,1990)[314] 20世纪60年代的美国一改往日经济繁荣、政治民主、自由平等的国家形象,成为内外交困、矛盾重重的霸权国家。越南战争让美国沦为无视生命、扼杀个性的“技术王国”,其罔顾世界和平的霸权主义思想昭然若揭。面对多重混乱的社会伦理秩序,美国的民族精神也受到了空前的关注与质疑。反越战游行示威活动举行的时间、场所和路线虽经过政府的批准,但警方还是抓捕了一千多人,其中六百多人受到指控,这一事实充分展现出美国政府虚伪的民主真相。同时,在向五角大楼进军的反越战游行过程中,游行队伍也暴露出种种弱点,整个游行活动在前期缺乏统一的规划与部署,游行队伍行进过程缺乏组织与引导,游行民众人员构成复杂、各执己见,缺乏细致周详的行动计划和行动目标,因而导致游行大军盲目冲击五角大楼,并在军警的镇压下惊慌失措、落魄逃散。游行示威活动呈现出杂乱无序、众声喧哗、各行其是的样态,作者在文中引用海斯神甫的发言,写道“这次周末的行动将服从于一个统一的目标,但是它的形式却将多种多样,每个人都将按照自己的良心行事,按照自己的方式行事。”(梅勒,1990)[247]由此可见,反越战游行示威虽然不是一次行动统一的政治抗议,也不是一次简单的文化反叛,却是美国民众在文化心理上所达成的一次共识,是美国民族精神的一次回归与凝聚。

此外,越南战争在美国当代国际政治关系和文化话语中影响深远,集体记忆与美国国家的历史重构交叉缠绕,相互影响。一方面,美国国家历史的重构无法脱离其文化和政治背景,集体记忆受制于国家政治,在重重滤镜下呈现失真、扭曲的样貌。作者从美国政府发动越南战争的目的到五角大楼前军警与示威人群的冲突,再到楔形方阵对示威人群的暴力镇压,以及纸媒对游行活动的虚假报道,逐步揭露美国政府为维护政治经济平衡不惜发动战争重创他国,为粉饰镇压暴行利用不实报道误导民众的丑恶行径。另一方面,小说中人物梅勒的个体记忆与美国民众的集体记忆相互对照、相互制衡,在记忆的交错融合与虚实结合之中，作者表达了自己对祖国爱恨交织的复杂情感，从而引导读者深入思考反对战争、反对极权的文化理念。毋庸置疑，小说《夜幕下的大军》利用越南战争的集体记忆有力控诉了美国极权主义在 20 世纪 60 年代的战争罪行和政治态度。为防止集体记忆偏离历史真相，作者将个体记忆融入集体记忆的框架之中，还原游行示威的整个过程，补正历史场景中的现实情况，引导读者超越国家、民族和党派的界限，重构关注人类生命与价值的集体记忆。

在文化记忆理论的视阈下观照诺曼·梅勒的非虚构作品，无论是对极权主义的厉声呵斥，抑或是对人性的温情呼唤，都承载着历史记忆的内容及其认同价值。从《玛丽莲传》开始，梅勒不再专注于对社会历史重大事件的报道，而是尝试通过个体记忆勾连集体记忆，在时代的洪流中书写个体命运，展示复杂多元的动态历史走向。从《玛丽莲传》(1973)到《战斗》(1975)，以及之后的《刽子手之歌》(1979)，梅勒的非虚构小说勾勒出一个完整的记忆框架，作品从个体记忆出发，逐渐发散到集体记忆深处的殖民、战争和凶杀等创伤性历史事件，进而探寻重塑美国民族精神的途径。

第一，就集体记忆的内容而言，“一个集体的成员通过一同选择值得回忆的东西来加强集体身份，而集体身份的确立反过来又有助于记忆的恒久。”(陈新等，2014)[31]与其他体裁的文学作品相比，梅勒的非虚构小说除了具有明确的历史指向之外，还为集体记忆提供了更丰富的素材和更广阔的储存空间。无论是犹他州凶杀犯加里·吉尔摩、刺杀总统的李·奥斯瓦尔德这样微不足道的小人物，还是好莱坞巨星玛丽莲·梦露和重量级拳王穆罕默德·阿里，此类真实的历史人物都与美国的历史文化息息相关。作者表面上在讲述琐碎的凡俗生活，实际上其底层历史背景都连接着具有重大意义的焦点事件。

第二，就集体记忆的形式而言，身体与文字是创伤记忆的主要表征方式。小说《玛丽莲传》与《战斗》通过直接的、感性的、形象的身体，关注美国社会的文化记忆问题，实现了集体记忆的身体化。《玛丽莲传》通过第三人称外视角描写了玛丽莲·梦露的短暂人生，将个体记忆外化为以身体为载体的交流记忆，以其独特的表演艺术演绎着美国民众的文化记忆,展现女性在美国现代社会中的生活状况与精神困境。《战斗》中的拳王阿里时隔十年重夺重量级金腰带,同样是以身体的形式实现自我身份的建构,一场拳击赛折射出黑人族群的生存现状,殖民运动、种族冲突和政治独裁被纳入扎伊尔这一记忆场,由此实现对集体记忆的重塑和强化。另外,《刽子手之歌》与《奥斯瓦尔德的故事》则是通过文字的形式将个体的失败、苦难和悲剧演绎、深化为一个国家和民族的共同历史。《刽子手之歌》客观真实记录了凶杀犯加里·吉尔摩的犯罪、受审及执行死刑判决的整个过程,吉尔摩的诗歌创作和私人书信、警方的庭审记录和法律档案以及各方媒体的采访报道成为一份美国社会历史的备忘录。《奥斯瓦尔德的故事》亦是以文字形式对集体记忆的备份,肯尼迪总统遇刺案件所带来的创伤从个体苦难上升为集体危机,从社会创伤深化为文化创伤。除此之外,文学作为记忆的载体,不仅是集体记忆的主要表现形式,而且其文学属性还兼具阐释、反思和重构的功能。

由此可见,文学创作是对抗遗忘、保存记忆的特定方式。梅勒的非虚构小说经由个体记忆和集体记忆,为连通历史与记忆搭建了一座桥梁,作品中多维度的叙述视角和不确定性的因素既是对创伤历史的补正和重构,又是对集体记忆的修复与重塑。“创作主体不断地激活记忆、重审记忆、重构记忆,其实是让文学在更深的层面上回到人类存在的本身。”(洪志刚,2010)文学作品中生动、多样、独特的个体记忆和集体记忆是一种文化的存储,也是一种精神的回归。

第三节 非虚构小说中创伤叙事的美学价值

在不同的社会文化语境中,文学价值观念与类型各不相同。尽管柏拉图的美善价值观、亚里士多德的文化“净化说”、贺拉斯的“寓教于乐”文学价值观和康德的艺术审美无功利说等对文学价值的认识存在差异,但大体上可以归纳为两个方面:一是文学的内部价值,即审美价值;二是文学的外部价值,即文学的社会功能。非虚构小说中创伤叙事的历史价值和伦理价值属于文学的社会功能,非虚构小说通过创伤叙事反映社会历史的真实现状,探讨时代创伤,为接近历史真实、探寻创伤本源提供可靠的文学佐证。“文学的审美价值是指文学能够沟通文学活动中主客体之间的美感和情感需求，使人获得纯粹无功利的精神享受，实现美的理想。”（谷鹏飞，2021）[258]创伤叙事的审美价值为文学批评提供全新的视角和工具，从多维度的视角审视时代创伤，采用零散、破碎、重复的叙事实现历史与小说的融合和历史与记忆的交汇，为深入剖析人性、反思人类生存意义、探寻创伤本源提供可能。谷鹏飞教授指出，“小说的终极美学效果，应是一种对人与万物存在的理解；伟大小说中的人物之所以能感染人，不是因为他干了惊天动地的事业，也不是因为他教给我们生存与成长的经验，而是因为他未加保留地展现了他自己的高贵与卑微、坚守与放弃，因而即使是其脱离了生存的情境，仍然呈现为一种生命的轻盈与沉重的胶着状态。”（谷鹏飞，2018）非虚构小说中历史的主观化叙述、小说的客观化表达成为历史、文学与创伤之间通达的津涂，精巧的叙事结构、真挚的情感抒写和深刻的人性思考成为读者认识20世纪60年代美国时代创伤的符码，民族创伤、社会创伤和个人创伤相互交织缠绕，人与国家、民族和社会的关系在创伤叙事中以原本的自然样貌跃然纸上，虚构与记忆构建的空间意蕴深长、发人深省。

一、历史与小说的融合

20世纪60年代美国社会动荡不安，各种运动风起云涌，越南战争、种族矛盾、民权运动、反文化运动、校园危机等引起了社会各界人士的热切关注。作家的创作理念因受社会文化思潮的影响而发生巨大变化，众多作家开始重新思考历史真实与文学文本的关系，并在文学创作实践中积极探索文学表现社会现实、反映时代精神的新形式。杜鲁门·卡波特的《冷血》描写了堪萨斯州发生的一系列谋杀案，诺曼·梅勒的《夜幕下的大军》对1967年10月的反越战游行示威进行了描写和评论，《刽子手之歌》记录了犹他州凶杀犯加里·吉尔摩枪杀两位教徒的经过，唐·德里罗的《天秤星座》也选用1963年约翰·肯尼迪总统遇刺事件为小说创作素材。文学是社会历史的产物，非虚构小说这一突破性文学形式在特定的社会历史背景下应运而生。非虚构小说一方面反映历史真实，另一方面则以小说的形式解构历史，揭示特定社会历史时期个人、社会以及民族所经历的创伤。

(一)历史的主观化

小说与历史的融合在非虚构小说中首先表现为历史的主观化，就历史的主体而言，梅勒作品中的人物都是身处历史洪流中的人，既不是历史的主人，也不是自己的主人，而是受某种未知或偶然力量支配的存在；就历史的客体而言，作者的创作意图并不在于澄明特定的历史事件，而是借助想象与评论，解构权威性的历史叙事，创新文学表现形式，呈现创伤的本真样貌。

梅勒通过多维的叙述视角、细腻的心理描写和虚构的典型人物来展现历史人物经历的多样创伤，由此表达他对历史主体的态度，小说中历史人物的命运终究无法摆脱某种神秘或未知力量的支配。《玛丽莲传》的主人公玛丽莲·梦露是美国风靡一时的影星，她出演的多部电影作品深受广大观众喜爱。梦露曾赴韩国慰问美国驻军，并曾受邀与英国女王会面。然而，1962 年 8 月 5 日梦露选择以自杀的方式与世长辞。作者坦然面对瞬间消逝的短暂生命，采用冷静超然的笔触写道“当然，我没能等到八月底，甚至连八月中旬我都没等到”(梅勒，1988)[143]，由此表现作者对生命和死亡的态度以及对人物创伤的体认。小说《战斗》报道了穆罕默德·阿里在扎伊尔共和国斥巨资举办的拳王争霸赛中，经过八个回合的顽强搏击，战胜对手福尔曼，重新夺回金腰带的故事。作者的创作意图并不在于展现阿里精湛的拳击艺术，而是侧重于挖掘阿里身上特有的精神，这一神秘精神是召唤各种力量的关键，作者试图从神秘精神中找寻汲取力量的答案。除此之外，小说《刽子手之歌》着重描写了犹他州凶杀犯加里·吉尔摩的人生经历和情感生活，通过警方档案和庭审记录等原始材料记录审判过程。作者以客观平淡的笔触描写加里·吉尔摩枪杀无辜市民的残暴行径，未给读者带来沉痛的悲剧感，反而通过多个视角审视凶杀犯的成长经历和生存环境，展现其内心无法诉说的创伤，凸显存在主义式英雄对社会保守势力的反抗。《奥斯瓦尔德的故事》中的主人公奥斯瓦尔德原本是一位无足轻重的小人物，却在神秘力量的支持下，完成了刺杀总统肯尼迪的任务，一举成为震动美国社会的焦点人物。

另一方面，梅勒与新历史主义批评家的观点一致，他在《文学的抱负》一文中指出，“历史学家对于真实的世界并不比小说家了解得更多。……一旦我们意识到历史学家还没有小说家做得仔细，那么所有的历史都成了小说文本。”(Mailer，1982)[165]由此可见，作者在思考文学主题的艺术表达方式，调和历史与小说的矛盾，尝试以一种新的方式表现历史的真实性。小说中采用新新闻体的形式，在形式上表现出的独创性恰好契合梅勒在真实与虚构之间切换的需求。梅勒秉持着“追求真实”的创作理念，在非虚构小说中对历史客体的艺术表现方式进行大胆革新，呈现出个人化叙述的典型特征。

第一，从小说的副标题设置来看，作者有意识地将历史与小说进行融合。在社会纪实小说中，《夜幕下的大军》上、下卷的副标题分别是“作为历史的小说”和“作为小说的历史”，《迈阿密与芝加哥之围》的副标题是“1968 年共和党和民主党全国代表大会的非正式历史”；在人物传记小说中，《刽子手之歌》的副标题是“一部关于真实人物的小说”，《玛丽莲传》的副标题为“一部小说体传记”。通过上述小说副标题的设置，作者将历史的真实性与小说的虚构性并置，告知读者小说独特的创作方式，声明非虚构小说文本超越了传统意义上的历史文本，而是以小说形式写就的历史文本。

第二，作者采用元小说的策略，时而中断对历史事件本身的叙述，阐明自己的创作原则，反思小说艺术创作的形式和特征。在《夜幕下的大军》第一卷第二部分中，作者交代了选用“非中心角色”作为小说主人公的缘由，“要写某一事件的详细历史，重点又放在一位在这一事件中并非中心角色的人物身上，这马上会使人对这位历史学家的能力产生疑问。或者，事实上，对他堂而皇之的动机产生疑问。他所选择的人物对他著书可能方便，但对历史却无关紧要。在我们选择特定主人公的时候，这些冷嘲热讽的言辞自会在脑海里出现。就本历史学家而言，可以说别无选择。尽管这话未必有失准确，但现在最好还是把他善良的动机加以交待。”(梅勒，1990)[57]作者在此以历史学家的身份阐明自己的创作意图，文学创作虽然具有一定的主观性，但作为历史的见证者，作者能够捕捉到历史时刻“模糊不清和极端混乱的确实感受”（梅勒，1990）[314]。在第二卷中，作者直接表明小说创作方式的转变，“小说家把接力棒交给了历史学家”，并指出小说家与历史学家在“秘密合作”，认为“瞭望塔式”的小说叙述更接近历史真实。“本书作者就这样交代了他的写作方法。各种新闻媒介围绕进军五角大楼事件所作的宣传造就了一片模糊的森林，挡住了历史学家的视线，而我们的小说则提供了看清事实的可能性。”（梅勒，1990）[231]由此可见，作者在告知读者第二卷将从历史的角度揭示事实的同时，仍对第一卷小说家的叙述持有肯定态度，“两种比喻很快就要汇合”（梅勒，1990）[232]，正是在含蓄表达历史与小说正在趋于融合。作者在第二卷的第六部分“战术的调色板”中，再次声明“第一卷显然是披着小说伪装或外衣的历史，或者是自称小说的历史，而第二卷则是一部用史书风格写成的货真价实的小说。”（梅勒，1990）[288]在非虚构小说中采用元小说的策略，在一定程度上打破了传统意义上小说与历史的对立关系，并尝试在历史与小说的共建文本中呈现历史真实。

此外，作者还在《林中城堡》中采用了元小说的叙事策略，通过虚构的叙述者之口评论小说的体裁，“其实，本书并没有明确的归类，这一点现在已经显而易见。它不仅仅是一部回忆录，因此，既然作为一部小说它拥有特权，那么作为一部传记毫无疑问它就不得不对一切都非常好奇。我确实有进入许多人心灵的自由。我甚至可以说，把这一体裁归类其实没有多大意义，因为我最关心的并不是文学的样式，而是对后果的担忧。”（梅勒，2015）[69]作者一面揭示《林中城堡》不是回忆录，叙述者的叙述具有虚构性的特征，另一面告诉读者魔鬼能够自由进入人的心灵，更加清晰、准确地走进人的创伤世界，在其内心世界中探寻邪恶的根源。作者采用元小说的叙事策略，既让叙述者与读者进行交流，又让叙述者与读者保持距离，在一远一近、一张一合的动态叙事行为中，凸显作者的自我意识，实现小说叙述的主观化。

第三，作者在小说创作中掺入个人的经历与评论，引导读者走出历史叙述，反思人类生存状况。在《月球之火》第二章“阿波罗”中，作者先是对比了文学研究与科学研究的差异，从梦的内部空间探讨登月行动的意义，揭示登月行动就是对科技盲目崇拜的结果，而后从政治企图、经济利益等方面解读美国资本主义运行的真实情况，直至阿波罗十一号成功升空之后，作者仍然持续思索科技与形而上学之间的分歧，并引用《启示录》第八章第六节的描写，暗示科技发展可能给人类带来毁灭性的后果。在小说《奥斯瓦尔德的故事》的第一卷第六部分中，梅勒将“作者的评论”作为第一小节，首先作者表明希望借助“万花筒式”的研究，深入了解奥斯瓦尔德的内心世界，而后在探讨一个无足轻重的小人物是如何摧毁一位国家领导人时，作者认为“无论谋杀行为是盲目无知的，抑或是备受不公正折磨的扭曲内心所发出的嘶喊，都会对我们共同的福祉产生影响”(Mailer，1995)[198]。所以，为了让约翰·肯尼迪遭遇刺杀身亡的事实更容易被世人接受，作者选择将奥斯瓦尔德塑造为一个悲剧性的人物，避免后现代媒体的过度解读和无端猜测；在第二卷第一部分中，作者明确界定小说的非虚构性质，直接表明小说的创作目的在于揭示主人公如何沦为“悲喜剧”的主角。作者以文学引导员的身份现身于小说之中，通过分析沃伦委员会二十六册调查资料和明斯克的采访记录，认为沃伦委员会的资料在一定程度上“暗示出美国政府在试图揭露和掩饰重大问题的压力之下所采取的运行方式”(Mailer，1995)[352]，并主观认为第一卷有关奥斯瓦尔德在明斯克的生活工作经历，为我们理解密卷中的奥斯瓦尔德提供了更多启发性的线索和事实依据。

第四，作者多次采用跨越时空的联想，将当下的状况与历史和未来相互关联，以此实现烘托气氛的作用，并赋予文本更深层次的文化底蕴，引导读者深入思考美国时代困境，探寻国家复兴、民族发展的出路。小说《夜幕下的大军》真实记录了 1974 年诺曼·梅勒受邀参加反越战游行示威的经过，其中联想技法较为集中地出现在林肯纪念堂群众集会的描写部分。作者在纪念塔下的山包上，仔细端详由四面八方集结而来的游行大军，游行人群轻快的步伐让梅勒联想到自己参加战争的经历，实际的战斗生活将战前的惬意荡涤一空，“极度的疲乏、肠胃不适和对于康复的冷淡”给作者留下不可磨灭的记忆。随即，一阵嘹亮的号角又将作者的思绪带到南北战争，盘旋在华盛顿上空的乌云就如同“历史战场上的鬼魂”,以此烘托约翰逊政府的极权主义统治对美国政治、军事和社会产生的不利影响。此外,装束迥异的游行大军让作者由化装舞会联想到即将攻击技术王国的军队,这样的联想不仅向读者展现了浩大的游行场面,同时体现出作者对反越战游行示威的支持态度。作者借助个人联想引领读者在历史与现实之间穿行,旨在唤醒读者的集体记忆,将读者置于群情激愤的反越战游行示威之中,由此让读者更容易感知、体验和理解战争给 20 世纪 70 年代的美国所带来的巨大创伤。

除了对游行示威动态场面的联想描写,作者还采用联想的手法描写了美国极权主义的象征——五角大楼。五角大楼作为美国国防部的办公大楼,成为 1974 年反越战游行示威者的攻击对象。对于这一特殊建筑物的描写,作者借用多种在外部特征和意义上相似的事物与之产生联系,进而凸显极权主义对国家政治、社会生活多个方面的操纵与干涉。当游行队伍行至空无一人的停车场,作者联想到第一次见到五角大楼的情景,五角大楼并不比照片上雄伟,“像从柔和的弗吉尼亚田野上凸起的海上畸物”(梅勒,1990)[123],“称作政府的公司王国接管了国家保留地”,美国政府强行拆除了过去的街道,建立起政府大楼。接着,作者从外部形态上描写五角大楼,“就像用时夹在腋下的那种喷壶的壶嘴上的五边嘴口”,而其功能作用就是在弗吉尼亚四处喷射极权主义“除味剂”,以种种欺诈手段掩饰极权主义的暴行,蒙蔽民众的认知,麻痹人们的意识。作者再次谈及五角大楼,是在被送往监狱的路上。他的思绪将埃及的建筑与五角大楼联系起来,“没有任何地方像五角大楼那样,集聚了那么多钞票,要说五角大楼,它是美国的尼罗河;我们的波多马克河岸上巨大的泥团。”(梅勒,1990)[167] 在此,作者暗指美国政府通过各种不正当的非法手段收敛钱财,为自身牟取暴利,罔顾国家法律和世界和平。

作者通过跨越时空的联想,打破了历史叙述的阈限,走进想象与记忆的世界。记忆以历史为锚钩,将叙述拉回历史的时间与空间,对照历史事件的意义和经验,评论当下历史事件的影响,使历史与当下产生碰撞,凸显历史的重要参考和借鉴作用,用历史之镜反观当下状况,形成历史与当下相互激荡、相互映照的形式之美；另外，想象不受时空限制，作者创新历史叙述主观化的艺术表现方式，打通历史与小说之间的壁垒。通过历史的主观化叙述在历史、当下与未来中自由穿梭、跳跃，实现叙事在时空上的通达，解构历史叙述的权威地位。

(二)小说的客观化

在历史与小说的融合中，小说的客观化叙述是另一重要的表现方式。作者突破传统历史叙事的方式，采用多种叙事技巧在非虚构小说中还原历史真实，追寻创伤本源。就非虚构小说的创作材料而言，《夜幕下的大军》《迈阿密与芝加哥之围》《月球之火》分别叙述了 1974 年反越战游行示威活动、1968 年美国总统竞选和 1969 年阿波罗登月的社会热点事件；而小说《玛丽莲传》《战斗》描写的是社会焦点人物——好莱坞影星玛丽莲·梦露和重量级拳王穆罕默德·阿里，《奥斯瓦尔德的故事》《刽子手之歌》则以肯尼迪总统遇刺和犹他州凶杀案真实事件为背景描写刺杀者奥斯瓦尔德和凶杀犯加里·吉尔摩的人生经历。非虚构小说中所描述的事件都是美国 20 世纪下半叶有据可考的重大政治、社会和科技事件，作品中塑造的人物也是真实存在的时代焦点人物，因而非虚构小说描述的对象不是小说文本中塑造的虚构人物，而是折射美国社会历史、反映时代精神的重要人物。

就小说的创作方式而言，诺曼·梅勒以亲自参与、走访调查与查阅资料相结合的方式进行文学创作，混淆历史真实与小说创作的边界，证实社会创伤和个人创伤存在的客观性与真实性。根据小说叙述的不同内容，梅勒的非虚构小说可分为社会纪实小说和人物传记小说两种类型。社会纪实小说《夜幕下的大军》《迈阿密与芝加哥之围》《月球之火》是作者诺曼·梅勒本人以采访记者及参与者的身份亲自经历、见证的社会重大历史事件。在《夜幕下的大军》中，作者根据在反越战游行示威活动中的所见、所闻和所感叙述了游行活动的全过程，引用新闻报刊的报道续写示威活动的尾声，再现历史场景的真实状况，集中反映美国不同阶级的政治态度和精神状态。小说《迈阿密与芝加哥之围》真实记录了美国总统竞选的经过，并对芝加哥举行的抗议活动进行细致描写，披露美国民主的真相，批判“政治就是财富”的观点。《月球之火》的创作亦来源于作者的亲身经历，梅勒以记者的身份进入美国国家航空航天局肯尼迪发射中心采访报道了人类首次成功登月的重大事件，小说纪实性描述了阿波罗十一号登月、探月和返航的经过，同时使用较大篇幅反思了宇航员和航天工作者的生活状态和精神信仰。在上述三部小说中，作者基于历史事件的亲身经历进行文学创作，作为历史事件的亲历者和见证者，作者对历史事件的叙述具有可信性和权威性。通过比照新闻报道与历史真实的差距，作者主张历史是人为的建构，历史与小说之间并不存在不可逾越的鸿沟，小说比历史更接近真实。

受历史时间和地理空间的限制，作者无法亲自接触、采访到小说中的每一位主人公，因而作者在非虚构小说创作前梳理了大量的新闻报道、档案资料、采访记录和法律文件。在人物传记小说中，1995 年出版的《奥斯瓦尔德的故事》与肯尼迪总统遇刺事件相隔近三十年，作者于 1991 年获批阅读了克格勃未公开档案，历时半年采访了五十多位俄罗斯人，依据沃伦委员会的档案资料和奥斯瓦尔德的个人书信，写就了这部非虚构小说。《刽子手之歌》的创作方式更具代表性和典型性，为塑造加里·吉尔摩存在主义式英雄的形象，作者耗时两年阅读法律文件、警方档案，走访几百位相关人士，获取几千小时的录音资料，整理近一万五千页的文本素材，对加里·吉尔摩生活、成长的家庭和社会环境进行全面剖析，探寻其心理创伤形成的根源。此外，《玛丽莲传》也是作者根据搜集的照片和资料进行的文学创作，虽然与玛丽莲·梦露同处一个时代，但作者却并未与玛丽莲·梦露会面。在小说中，作者利用超凡的想象力和创作技巧，从内心世界和创伤记忆还原人物的生活状态和精神困境，推测历史人物的真实个性。《林中城堡》是梅勒的绝笔之作，作者基于走访调研和史料查询创作了这本三十多万字的小说，小说附上的一百二十八本参考书目是证实小说创作客观化特征的有力材料支撑。

诺曼·梅勒非虚构小说中历史与小说的融合，与狄尔泰非客观化的历史观不谋而合。“①人是构成历史的主体，历史因人的生命参与、体验与客观化而成为自身，它唯有在人的生命体验与自我理解中才成为自身；②人在历史的过程中成为他自己，历史性及人对历史性的阐释是完成人的历史性存在本质的必要条件。”(谷鹏飞，2022)历史的主观化叙述与小说的客观化表达在非虚构小说中共生互鉴，并不在于阐明历史事实、图解历史观念，而在于发现史实背后的时代创伤，为人类的生存和发展提供经验、赋予意义。

二、历史与记忆的交汇

作为美国20世纪下半叶的后现代作家，诺曼·梅勒一直在文学创作中探索理想的艺术表现形式，其创作的四十多部作品涉及小说、戏剧、诗歌、文学批评、电影剧本等多种体裁，并开创了“非虚构”和“新新闻体”的小说文体。在接受现代语言学协会的采访时，他提到“在小说中，美国意识缺乏一种伟大的传统，这种意识已被忠诚的谄媚者——小城镇报纸编辑、教育工作者和大众媒体消耗殆尽。”(Mailer，1966)[102]而他所做的努力就是要将民族思想从小城镇编辑与教育家的掌控中解救出来，从愚昧的大众媒体中解救出来。因而，作为“美国意识的代言人”(Scott，1973)[15]，面对内忧外患的政治形势，梅勒以新新闻体的文体形式突破了传统文学的审美规范，通过后现代的叙事风格对美国社会、政治、文化、科技等各个领域进行深入而犀利的剖析，希冀通过象征主义、现实主义、意识流等多种艺术表现技法，表达自己对战争、种族、科技、极权主义等社会问题的独特见解，反映出20世纪美国民众遭遇战争创伤、民族创伤和社会创伤的生存境遇和心理状态。

鉴于创伤与再现之间的表征危机，“真切的、此时此地的创伤体验和心理感受与历时的、不在场的创伤叙事和知识陈述之间存在着差异。传统的以经典风格和经典文学类型(诗歌、戏剧、小说)为主的文学再现与创伤文化叙事(自传小说、回忆录、日记、证词、访谈、电影、照片、录像等)之间产生分离裂变。”(陶家俊，2013)诺曼·梅勒的非虚构小说继承了新现实主义小说的传统，不仅通过集体记忆从多个维度真实再现了社会现实，同时还借助个体记忆赋予人物和场景现代性的特征，从创伤角度揭露战争、科技和极权主义对人类身体、心理和生活造成的影响和危害。

《奥斯瓦尔德的故事》由两卷构成，小说第一卷主要描写奥斯瓦尔德在苏联的工作、生活经历，第二卷则是围绕奥斯瓦尔德回到美国后的生活状况及其刺杀肯尼迪总统的经过展开叙述。小说主要通过多位亲人、朋友、同事及见证者的回忆，将个体所经历的创伤串联在一起，采用第三人称的叙述视角展现人物在特定历史条件下所经历的社会创伤及其在原生家庭中所经历的个人创伤，再现孤独无助的奥斯瓦尔德在创伤世界中鲜为人知的经历与感受，揭示其悲剧人生背后的可能真相。记忆在还原创伤世界的同时，也进一步建构了历史。读者借由记忆不仅能够更深刻地解读创伤、理解人物，而且还能够反思历史、辨别真伪。小说选取两个叙事空间，以主人公奥斯瓦尔德的工作生活轨迹为主要叙事线索，通过主人公的地理位移展开，从莫斯科到明斯克，再从达拉斯到沃斯堡，最后回到达拉斯的跟踪报道。首先，作者根据事件发生的时间顺序和空间位置，将来自多个国家多位叙述者的记忆呈现在读者面前，零散、破碎的个体记忆看似杂乱无章、毫无关联，却完整呈现出奥斯瓦尔德在不同时期所经历的创伤。接着，作者通过分析沃伦委员会的调查资料，整理见证者的证词，对奥斯瓦尔德刺杀肯尼迪总统这一社会焦点事件进行剖析评论，最后以奥斯瓦尔德遭遇枪袭，将故事情节推向另一个高潮。作者在表面上将呈散点分布的记忆铺陈于时空之中，实则是期待读者深入思考主人公的人生境遇，一个其貌不扬、孤僻平凡的小人物如何能在历史的洪流中掀起巨浪。整部小说的叙述结构中有一明一暗两条线，一条是历史之线，一条是记忆之线。历史之线为明线，遵循线性叙事的规律和特点，以时间为轴展开故事情节，记录社会历史事件；记忆之线为暗线，小说通过不同叙述者的记忆描述奥斯瓦尔德在不同时期经历的创伤，展现奥斯瓦尔德充斥着矛盾与压制的人生。童年时期，破裂的原生家庭、宠溺且强势母亲和孤寂的独处生活未能给他的成长提供积极健康的环境；青少年时期，孤傲的奥斯瓦尔德在学校和部队饱受欺凌，奋起反抗的他逐渐在自我的世界中形成狂妄偏执的性格；成年之后，奥斯瓦尔德情感生活多次受挫，婚姻屡遭质疑，才能平庸的他不甘平凡，为博得公众关注不惜铤而走险策划刺杀行动。记忆之线虽在叙述结构中若隐若现，但读者可依据时间顺序，梳理出人物在童年、青少年和成年时期所经历的种种创伤，并将散点分布的记忆片段拼接为相互关联、互为因果的创伤图谱，为揭示人物的创伤本源、探索人物悲剧命运提供重要参考。

在小说《战斗》和其他非虚构小说中，梅勒想要发动一次反攻，破除主流新闻扼杀现实的限制性文本，推动“意识形态上的大变革”。《战斗》虽是报道1974年扎伊尔共和国举办重量级拳王争霸赛的非虚构作品，却并未采用传统小说平铺直叙的手法，对拳击比赛的时间、地点和现场实况进行描写，而是通过作者梅勒的个人记忆还原特定时代的社会历史背景，从人物的遭遇和经历，反映极权主义统治下人类生存的困顿境况。就记忆中的场景而言，梅勒为采访初次踏上非洲大陆，此时康纳德与海明威笔下的刚果(金)已更名为扎伊尔。小说通过作者在非洲的经历和见闻，打开记忆的大门，描绘20世纪70年代非洲国家的政治历史图景。独裁专政从政治经济到社会文化，再到意识形态呈现出无孔不入的操控态势，大到行政建筑、体育场馆、游艇标识、宣传路牌，小到酒店管理模式、衣着要求和言语举止，处处折射出独断专权的思想控制。作为实地采访记者，作者亲自见证了扎伊尔人民经济贫困、物资匮乏的社会生活环境，亲身体验了非洲人傲慢无礼、冷淡漠然的接待，亲身感受了精神控制对个体生命的摧残和迫害。作者借助个人记忆还原真实的社会历史背景，揭示其政府外强中干的经济状况，凸显其罔顾民众基本生存和生活状态，斥巨资筹办拳王争霸赛的荒谬行径。与此同时，表达出作者对非洲人生存状况和民主权利的关切。历史与记忆的联接，不仅能够为读者提供特定的视角，最大限度地贴近历史真实、感受时代创伤，同时也为历史表征提供多样化的形式，通过记忆书写创伤、建构历史。

就记忆中的人物而言，小说中对人物德邦迪尼的描写就是通过作者的个人记忆对其身份背景、生活现状和创伤经历进行交代的。邦迪尼是阿里的助理教练，在拳击比赛中为阿里提供技术指导和心理咨询。人物邦迪尼的出场安排别具一格，作者梅勒先是在酒店餐厅偶遇邦迪尼与妻子共进晚餐，随后通过对其现任妻子的外貌描写，含蓄表达其已与前妻离异。由此，作者的回忆倒退至十年前，邦迪尼因未知过错被阿里解雇，并试图投诚弗洛伊德·帕特森来对付阿里，然而帕特森并不信任邦迪尼。迫于生计，邦迪尼在乔治·普林普顿的帮助下，只能在《生活》杂志上公开发表文章，为帕特森对战阿里提供策略指导。此后，邦迪尼再次回到阿里身边，以自己独特的方式鼓励阿里"像蝴蝶一样飞舞，像黄蜂一样出击"（Mailer，1975）[130]，他所给予的策略指导和精神鼓励为阿里在拳坛获得显赫战绩提供莫大帮助。邦迪尼曾在青少年时期参加海军拳击竞技赛，且在拳坛享有一定声望。然而在经历解雇风波之后，邦迪尼虽得以重返阿里的教练阵营，却不再享有之前的地位和威望。十年之间，邦迪尼在拳击事业、婚姻生活和精神信仰方面都经历了"不可言说的"创伤，然而面对生活中的挫折与困苦，邦迪尼并未选择沉溺于愤懑与伤痛之中，而是试图通过多种方式救赎自我，走出创伤的世界。"邦迪尼能够最好地诠释每个人身上都栖息着两个自我"（Mailer，1975）[130]，回归教练阵营后，他一面竭尽全力支持阿里，苦苦找寻自己的精神依靠和身份地位；另一方面他积极涉足电影拍摄行业，为自己的生活另做打算。在身份认同方面，邦迪尼曾在醉酒之后欣喜万分地叫住梅勒，认定自己不再是"黑人"，他找到了自己"名字的意义"，回到了"自己民族的血液里"，宣称在非洲他将深受庇佑。此外，比赛临近前，邦迪尼为给对方心理造成强压之势，不惜投入两千元美元赌资，押注阿里会在与福尔曼的对决中获胜，以此表达自己对阿里获胜的信心和忠诚，希冀自己在教练团队的身份能重新获得认可。在自我救赎方面，邦迪尼结束与前妻的婚姻，选择与美国田纳西州的白人女性结合；此外，无法识文断字的邦迪尼开始涉足影视行业，邀请梅勒共同就餐，修改戏剧稿件。邦迪尼是小说中黑人形象的一个缩影，虽然他曾为生计背叛阿里，并为之付出了沉重的代价，但在生活的重压之下，他选择以回归的方式走出创伤，他代表着不畏人生困苦，不断求索的黑人精神，同时也为创伤的自我疗愈提供了可借鉴的途径。

《玛丽莲传》是一部非虚构人物传记小说，描写了好莱坞著名影星玛丽莲·梦露的成长经历、情感生活和电影生涯，书写了玛丽莲·梦露在三十六年的短暂人生中所经受的身体创伤和心理创伤，揭示其人生悲剧的真相。小说中零散的记忆碎片折射出玛丽莲·梦露的身份焦虑、双重性格和情感挫折，创伤记忆成为铭刻在主人公内心不可泯灭的伤痛。记忆的整合为读者理解人物的选择，接近人物的内心提供重要途径。小说中历史与记忆的交汇主要通过记忆的客体得以实现，记忆的客体包括小说文本、照片和个人叙述三种形式。首先，作者诺曼·梅勒与玛丽莲·梦露生前并未谋面，《玛丽莲传》是作者在阅读他人传记文本的基础上创作的非虚构小说，莫里斯·索拉托的《玛丽莲·梦露》、弗莱德·盖尔斯的《诺玛·吉恩》和诺曼·罗斯滕的《玛丽莲：不为人知的故事》是作者参考文本的主要来源。其次，梅勒还选取了玛丽莲·梦露的大量照片，以超文本的形式证明过去的可信性。作者在小说前"关于照片的注释"中说明，"的确，为了使本书在视觉上更为美观，有些照片并没有按照时间顺序进行置放。因此，为了方便读者，我会为那些在时间上与旁边文字叙述不相符的照片标注日期。不过，许多照片都是用来阐明当页观点的，有一些是为了在时间上或者在情绪上进行对比而选用的……有的照片也许可以描绘她在十年前的一种情绪。另一些照片可以透露出她对于快乐的期待或者对于即将到来的悲伤的预料。"(Mailer，1973)[9] 再次，作者按照时间顺序整合、拼接了来自玛丽莲·梦露亲人、朋友、及同事关于往事的个人叙述，为还原事实真相，理解人物内心提供可参考的资料。养母伊达·博伦德讲述了玛丽莲·梦露童年时期的成长经历，透露出玛丽莲·梦露祖母黛拉和母亲格拉迪斯因精神失常给幼年玛丽莲·梦露带来的心理创伤；孤儿院主管英格拉汉姆夫人否认玛丽莲·梦露对孤儿院生活的陈述，证实玛丽莲·梦露幼年时期的生活经历和精神状态；法定监护人格雷斯描述了玛丽莲·梦露在中学时期受人追捧，为逃避孤儿院生活与第一任丈夫吉姆·多尔蒂相恋结婚；表演顾问娜塔莎·莱特斯表明阿瑟·米勒与玛丽莲·梦露真心相爱，同时流露出对玛丽莲·梦露解雇她的不满；制片人约翰·休斯顿质疑玛丽莲·梦露拍摄状态不佳并有意退出，证实两人关系不和；按摩师拉尔夫·罗伯特回忆与玛丽莲·梦露的谈话，表示玛丽莲·梦露曾谈论自己与某位知名人士的关系；女管家默里夫人讲述发现玛丽莲·梦露死亡的经过，吐露出令人费解的细节。

由此可见，诺曼·梅勒非虚构小说中的创伤叙事介于历史叙事与文学叙事之间，它不仅是对创伤经历的见证，也是对创伤体验的一种模仿。创伤的亲历者或见证者所叙述的对象指向过去的历史事件和历史人物，叙述者只能通过个人记忆，重新回到特定的历史时期，在创伤事件发生的情境中重新体验历史的创伤性事件。因而叙述者的叙述必然表露出自我的真实感受，与实证主义历史学家和现实主义作家追求的“客观性”产生差距。然而，正是这种介于历史与文学、过去与现在之间的不可确定性和模糊性呈现出传统创作模式无法表现的历史真实和心理真实。

结语

创伤是20世纪人类历史上的鲜明烙印，两次世界大战、金融危机、种族矛盾以及地区冲突对人类的物质生活和精神世界产生了巨大冲击，故创伤记忆不仅仅是社会历史的见证，也是对人类自身生存状况的反映。首先，战争是20世纪历史发展进程中无法回避的主题，两次世界大战、朝鲜战争、越南战争以及地方性的局部战争致使美国深陷政治经济危机，饱受国际社会谴责批判。其次，这一特定历史时期内美国民权运动、反越战游行示威活动、校园危机、反文化运动以及各地频发的暴乱和游行示威活动引发了美国社会各个阶层的广泛关注。诸多非常态的创伤事件和创伤体验不仅导致民众丧失了对国家和政府的信任，同时强化了民众从政治层面思考问题的能力，激发了民众反抗压制、追求自由的本性。面对混淆是非、愚弄大众的官方叙事和媒体报道，众多作家重新思考历史真实与文学文本之间的关系，并在文学创作中积极探索社会现实的文学表现形式，寄望于文学作品揭示历史真实，反映时代特征。

美国小说家诺曼·梅勒对国家的政治经济、社会文化和军事科技等问题具有独到见解，他开创了"新新闻体"和"非虚构小说"创作风格，以独特的文学形式再现时代创伤，探寻创伤本源。非虚构小说是诺曼·梅勒作品的重要组成部分，小说中的创伤叙事不仅是在建构历史，也是在观照人类的命运和生存状态。非虚构小说中的创伤叙事一面书写历史，一面超越历史，透过社会历史事件再现 20 世纪 60、70 年代美国政治历史图景和时代精神原貌，并以历史与小说融合的形式建构历史、书写创伤，表达作者对人类生存状况和精神世界的关切。本书以诺曼·梅勒的非虚构小说为文本研究对象，论述部分由四个部分构成，分别为非虚构小说中的创伤叙事内容、非虚构小说中的创伤叙事主题、非虚构小说中的创伤叙事艺术和非虚构小说中创伤叙事价值，由此进一步探讨和挖掘非虚构小说文本中所蕴藏的时代创伤，揭示创伤叙事对历史的见证、补正和重构作用，并展现个体记忆与身份认同、集体记忆与文化政治之间复杂的动态关系，表现历史、小说与记忆在创伤叙事中融合交汇的美学价值。

本书从创伤叙事这一新视角切入，不仅深入地解读了作家和作品，使梅勒文学的研究进一步向纵深拓展，同时为梅勒文学的研究注入新的活力。一方面，本书通过对非虚构小说中创伤叙事的分析归纳，真实再现了美国现代社会历史现状。创伤叙事成为时代创伤和生存困境的多维见证和有力补正，对于历史的建构具有不可忽视的作用。另一方面，非虚构小说中的创伤叙事不仅揭露出美国时代创伤固有的矛盾、焦虑和痛苦，并且在文学创作的世界中展现出对人类未知命运的求索，引导读者透视自我、整理记忆、反思当下，走出创伤的阴霾。与此同时，本书从历史构建和精神追寻的角度深化诺曼·梅勒非虚构小说本体研究，推动不同主体对创伤的理解和思考，有助于在不同民族主体间树立尊重与信任，进而为推进世界和平对话与交流提供新的机会和思路。然而，诺曼·梅勒的国外研究卷帙浩繁，作者未能穷尽对诺曼·梅勒作品研究的文献资料整理。本书虽深入分析了非虚构小说创伤叙事的内容、主题以及艺术表达，探讨了创伤叙事的历史价值、认同价值和美学价值，但未针对创伤的不同类型提供可行的创伤修复或治愈方案。创伤叙事的跨文化、跨学科研究是一项有待持续推进的项目，它对于人类的生存与发展具有不可替代的重要性，并将长期处于融合、开放的状态。

参考文献

阿斯曼,2015. 文化记忆:早期高级文化中的文字、回忆和政治身份[M]. 金寿福,黄晓晨,译. 北京:北京大学出版社.

安德森,多莫什,派尔,等,2009. 文化地理手册[M]. 李蕾蕾,张景秋,译. 北京:商务印书馆.

巴赫金,1998. 巴赫金全集:第三卷[C]. 白春仁,晓河,等译. 石家庄:河北教育出版社.

巴兰坦,2007. 建筑与文化[M]. 王桂香,译. 北京:外语教学与研究出版社.

拜克,2002. 犹太教的本质[M]. 傅永军,于健,译. 济南:山东大学出版社.

贝文,2010. 记忆的毁灭:战争中的建筑[M]. 魏欣,译. 北京:生活·读书·新知三联书店.

伯科维奇,2011. 剑桥美国文学史:第七卷[M]. 孙宏,译. 北京:中央编译出版社.

陈娜,2012. 诺曼·梅勒战争小说文化心理研究[D]. 湘潭:湘潭大学出版社.

陈娜,2013. "父与子"关系的订契、失和与重建:诺曼·梅勒小说对犹太文化身份认同的现代性重构[J]. 外国语文 (2):42-46.

陈太胜,2011. 20世纪西方文论新编[M]. 北京:北京师范大学出版社.

陈新，彭刚，2014. 历史与思想：文化记忆与历史主义[M]. 杭州：浙江大学出版社.

陈夜雨，2012. 诺曼·梅勒：美国当代文学的思想苦寻者[D]. 上海：上海外国语大学.

陈夜雨，项歆妮，2015. 论《夜幕下的大军》的叙事策略和叙事效果[J]. 外语学刊(6)：156-160.

程锡麟，1998. 试论战后美国非虚构小说[J]. 当代外国文学(2)：162-168.

崔新建，2004. 文化认同及其根源[J]. 北京师范大学学报(社会科学版)(4)：22-25.

窦庆兰，2006. 诺曼·梅勒的写作技巧与艺术风格[J]. 辽宁师范大学学报(社会科学版)(1)：43-47.

窦庆兰，2007. 新新闻主义作品《夜幕下的大军》写作技法的小说化表现[J]. 大连海事大学学报(社会科学版)(1)：15-19.

樊妍，2011. 诺曼·梅勒的《刽子手之歌》的后现代特征解读[D]. 乌鲁木齐：新疆大学.

傅景川，1996. 二十世纪美国小说史[M]. 长春：吉林教育出版社.

福柯，1997. 权力的眼睛：福柯访谈录[M]. 严锋，译. 上海：上海译文出版社.

福柯，2003. 规训与惩罚[M]. 刘北成，杨元婴，译. 北京：生活·读书·新知三联书店.

福柯，2013. 疯癫与文明[M]. 刘北成，杨远婴，译. 北京：生活·读书·新知三联书店.

弗洛伊德，1989. 精神机制与人格结构[A]//柳鸣九. 意识流. 北京：中国社会科学出版社.

弗洛伊德，2009. 抑制、症状和焦虑[M]. 杨韶刚，高申春，译. 长春：长春出版社.

谷红丽，2003. 新历史主义和文化唯物主义批评视角下诺曼·梅勒的作品研究[D]. 厦门：厦门大学.

谷红丽，2005. 一曲嬉皮士的悲歌：重读诺曼·梅勒的小说《我们为什么在越南?》[J]. 当代外国文学 (3)：129-135.

谷红丽,2005. 诺曼·梅勒非虚构小说中历史的虚构策略[J]. 外国文学(4):59-63.

谷红丽,2009. 理解诺曼·梅勒[M]. 西安:西北大学出版社.

谷红丽,2015. 诺曼·梅勒《林中城堡》中悖论性的历史叙事[J]. 外国文学研究(3):118-125.

谷红丽,2015. 颠覆的欲望:论诺曼·梅勒《圣子福音》的叙事特征[J]. 当代外国文学(4):12-18.

谷鹏飞,2013. 中国当代审美风尚与主体身份认同[J]. 人文杂志 (1):68-72.

谷鹏飞,2018. 历史主义抑或自然主义:评贾平凹《山本》的叙事史观[J]. 中国文艺评论(6):94-108.

谷鹏飞,2021. 文学理论与经典阅读[M]. 北京:高等教育出版社.

谷鹏飞,2022."新格义"阐释:西方文学心理学阐释的本土化问题[J]. 西北大学学报(哲学社会科学版)(2):93-101.

怀特,2004. 元史学:19 世纪欧洲的历史想象[M]. 陈新,译. 南京:译林出版社.

洪志刚,2010. 文学:记忆的邀约与重构[J]. 文艺争鸣(1):56-59.

胡娜,2005. 海登怀特历史阐释模式中的策略及运用[D]. 成都:四川大学.

胡全生,2002. 英美后现代主义小说叙述结构[M]. 上海:复旦大学出版社.

黄铁池,2000. 当代美国小说研究[M]. 上海:学林出版社.

霍洛韦尔,1988. 非虚构小说的写作[M]. 仲大军,周友皋,译. 沈阳:春风文艺出版社.

吉登斯,1998. 现代性与自我认同[M]. 夏璐,译. 北京:生活·读书·新知三联书店.

季水河,陈娜,2012.《裸者与死者》中的犹太身份意识解析[J]. 外国文学研究(1):54-61.

加百利,2009. 朝向空间的叙事理论[J]. 李森,译. 江西社会科学(5):5.

金鸿宾,2003. 创伤学[M]. 天津:天津科学技术出版社.

金明求,2004. 虚实空间的移转与流动:宋元话本小说的空间探讨[M]. 台北:大安出版社.
库隆,2000.芝加哥学派[M].郑文彬,译.北京:商务印书馆.
昆德拉,2003.被背叛的遗嘱[M].余中先,译.上海:上海译文出版社.
昆德拉,2014.小说的艺术[M].董强,译.上海:上海译文出版社.
李公昭,胡亚敏,2002.新新闻主义:六十年代美国文化的产物:兼论其与越南战争的关系[J].当代外国文学(4):96-101.
李桂荣,2010.创伤叙事:安东尼·伯吉斯创伤文学作品研究[M].北京:知识产权出版社.
林庆新,2008.创伤叙事与“不及物写作”[J].国外文学(4):23-31.
刘洪一,1995.犹太精神:犹太文化的内涵与表征[M].南京:南京大学出版社.
刘洪一,2002.走向文化诗学:美国犹太小说研究[M].北京:北京大学出版社.
刘庆争,2008.小说化的历史:论诺曼·梅勒的非虚构小说[D].南宁:广西师范大学.
刘慧梅,姚源源,2018.书写、场域与认同:我国近二十年文化记忆研究综述[J].浙江大学学报(人文社会科学版)(4):185-203.
龙迪勇,2000.寻找失去的时间:试论叙事的本质[J].江西社会科学(9):48-53.
龙迪勇,2015.空间叙事学[M].北京:生活·读书·新知三联书店.
陆凡,1979.评诺曼·梅勒的《白色黑人》[J].文史哲(2):71-75.
罗恩,1989.从弗洛伊德到荣格:无意识心理学比较研究[M].陈恢钦,译.北京:中国国际广播出版社.
梅勒,1988.硬汉不跳舞[M].范革新,减永清,译.沈阳:春风文艺出版社.
梅勒,1988.艳星梦露[M].刘军,译.武汉:长江文艺出版社.
梅勒,1990.夜幕下的大军[M].任绍曾,译.长沙:湖南文艺出版社.
梅勒,1997.裸者与死者[M].蔡慧,译.上海:上海译文出版社.
梅勒,2000.刽子手之歌[M].邹惠玲,司辉,杨华,译.南京:译林出版社.
梅勒,2001.一场美国梦[M].石雅芳,译.南京:译林出版社.

梅勒,2002. 鹿苑[M]. 刘新民,译. 南京:译林出版社.

梅勒,2009. 林中城堡[M]. 金绍禹,译. 上海:上海译文出版社.

梅勒,2015. 巴巴里海岸[M]. 段淳淳,杨婕,译. 南京:江苏文艺出版社.

梅勒,2015. 圣子福音[M]. 段淳淳,李新杰,译. 南京:江苏文艺出版社.

梅勒,2015. 我们为什么在越南[M]. 王含冰,刘积源,译. 南京:江苏文艺出版社.

梅勒,2015. 夏洛特的亡灵[M]. 马剑飞,段淳淳,译. 南京:江苏文艺出版社.

梅勒,2016. 古代的夜晚[M]. 段淳淳,马剑飞,朱琼莉,译. 南京:江苏文艺出版社.

美国精神病协会,1996. 精神疾病诊断准则手册:第 4 版[M]. 孔繁钟,孔繁锦,译. 新北:合记图书出版社.

米歇尔,2012. 图像学:形象、文本、意识形态[M]. 陈永国,译. 北京:北京大学出版社.

敏泽,党圣元,1999. 文学价值论[M]. 北京:社会科学文献出版社.

聂珍钊,1989. 论非虚构小说[J]. 中南民族学院学报(6):121-128.

聂珍钊,2010. 文学伦理学批评:基本理论与术语[J]. 外国文学研究(1):12-22.

帕斯,1995. 批评的激情[M]. 赵振江,译. 昆明:云南人民出版社.

钱满素,1987. 美国当代小说家论[M]. 北京:中国社会科学出版社.

任虎军,2005. 个人主义还是平等主义:诺曼·梅勒小说中权力与道德的文化批评[D]. 天津:南开大学.

任虎军,2009. 诺曼·梅勒小说的书写动机与主题[J]. 当代外国文学(3):85-93.

萨特,2012. 存在与虚无[M]. 陈宣良,译. 北京:生活·读书·新知三联书店.

申丹,2002."故事与话语"解构之"解构"[J]. 外国文学研究(2):42-52.

申丹,2009. 叙事、文本与潜文本:重读英美经典短篇小说[M]. 北京:北京大学出版社.

申丹，韩加明，王丽亚，2005. 英美小说叙事理论研究[M]. 北京：北京大学出版社.

申丹，王丽亚，2018. 西方叙事学：经典与后经典[M]. 北京：北京大学出版社.

申小龙，1992. 语言的文化阐释[M]. 北京：知识出版社

石雅芳，2008. 梅勒的《森林中的城堡》：一个新历史主义文本[J]. 英美文学研究论丛(2)：242－245.

石雅芳，2012. 论梅勒在虚构和非虚构之间的穿越[J]. 浙江外国语学院学报(5)：50－56.

施琪嘉，2006. 创伤心理学[M]. 北京：中国医药科技出版社.

司建国，1996. 美国非虚构小说简论[J]. 西北师大学报(社科版)(6)：4.

泰勒，2001. 自我的根源：现代认同的形成[M]. 韩震，王成兵，乔春霞，等译. 南京：译林出版社.

谭雪莲，2006. 美国战争文学与美国战争[J]. 文教资料(25)：53－54.

唐婷，2019. 非虚构小说解构历史话语的策略：以诺曼·梅勒的两个文本为例[J]. 牡丹江教育学院学报(10)：10－12.

陶家俊，2011. 创伤[J]. 外国文学(4)：117－125.

陶家俊，2013. 耶鲁派大屠杀创伤研究论析[J]. 当代外国文学(4)：124－131.

王刚，2015. 历史真实与文学创造：诺曼·梅勒非虚构小说研究[D]. 上海：上海师范大学.

王守仁，2002. 新编美国文学史：四卷[M]. 上海：上海外语教育出版社.

王小章，郭本禹，1998. 潜意识的诠释：弗洛伊德主义到后弗洛伊德主义[M]. 北京：中国社会科学出版社.

王欣，2013. 创伤、记忆和历史：美国南方创伤小说研究[M]. 成都：四川大学出版社.

温华，2001. 徘徊在权力与战争中的“裸者与死者”[J]. 解放军艺术学院学报(3)：18－21.

伍尔夫，1990. 论现代小说[M]//李乃坤. 伍尔夫作品精粹. 石家庄：河北教育出

版社.
薛婷,2023.历史的记忆化书写:《刽子手之歌》创伤叙事研究[J].西北大学学报(哲学社会科学版)(1):192-198.
薛燕福,2011.诺曼·梅勒非虚构小说研究[D].济南:山东大学.
薛玉凤,2015.美国文学的精神创伤学研究[M].北京:科学出版社.
杨昊成,2010.诺曼·梅勒的纪实文学写作[J].外语与外语教学(6):83-86.
虞建华,1989.20部美国小说名著评析[M].上海:上海外语教育出版社.
袁可嘉,2003.欧美现代派文学概论[M].桂林:广西师范大学出版社.
詹姆士,1989.思维流、意识流或主观生活之流[A]//柳鸣九.意识流.北京:中国社会科学出版社.
张江彩,2012.历史与虚构的悖论:诺曼·梅勒传记小说《刽子手之歌》再解读[J].咸阳师范学院学报(1):114-117.
张京媛,1993.新历史主义与文学批评[M].北京:北京大学出版社.
张素珍,2002.生命的呼唤:读梅勒的《黑夜大军》和《刽子手之歌》[J].外国文学研究(3):66-71.
张涛,2009.诺曼·梅勒的存在主义及其前期小说主题研究[D].济南:山东大学.
张玉堂,2003.美国战后"非虚构小说"研究[D].兰州:西北师范大学.
赵东梅,2001.心理创伤的理论与研究[M].广州:暨南大学出版社.
赵静蓉,2015.文化记忆与身份认同[M].北京:生活·读书·新知三联书店.
赵静蓉,2017.创伤记忆的文学表征[J].学术研究(1):144-151.
赵毅衡,1993.后现代派小说的判别标准[J].外国文学评论(4):12-19.
赵一凡,张中载,李德恩,2006.西方文论关键词[M].北京:外语教学与研究出版社.
朱立元,2003.当代西方文艺理论[M].上海:华东师范大学出版社.
朱宇煌,2010."丰裕社会"的一曲挽歌:试论美国20世纪60年代的"新新闻主义"小说[D].上海:复旦大学.

邹智勇,2001.论当代美国犹太文学的犹太性及其形而上性[J].外国文学研究(4):37-40.

左亚琴,2007.诺曼·梅勒出版新作《林中城堡》[J].外国文学动态(5):32-33.

ADAMS L,1976. Existential battles:the growth of norman mailer[M]. Ohio:Ohio University Press.

ATWILL W D,1990. Fire and power:narratives of the space age[D]. North Carolina:Duke University.

BALLANTYNE A,2002. Architecture:a very short introduction[M]. Oxford:Oxford University Press.

BALTER B,2008. American "i-deologies":the personal and the political in the post-Vietnam novel[D]. New York:City University of New York.

BAKHTIN M M,1996. The dialogic imagination[M]. Austin:University of Texas Press.

BAILEY J,1979. Norman Mailer:quick-change artist[M]. London:Macmillan.

BEGIEBING R J,1980. Acts of regeneration:allegory and archetype in the works of Norman Mailer[C]. Columbia:University of Missouri Press.

BELL D, 2006. Introduction: memory, trauma and world politics [M]//Memory, Trauma and World Politics: Reflections on the Relationship between Past and Present. London:Palgrave Macmillan UK.

BLOOM H, 2003. Bloom's modern critical views: Norman Mailer [M]. Philadelphia:Chelsea House Publishers.

BRANDY L, 1972. Norman Mailer: a collection of critical essays [M]. Englewood Cliffs:Prentice Hall.

CALVIN J,1956. On god and man:selection from institutes of the Christian religion[M]. London:Burns & Oates.

CARUTH C,HARTMAN G,1996. An interview with Geoffrey Hartman[J]. Studies in Romanticism,35(4):630-652.

CARUTH C, 1995. Trauma: explorations in memory [M]. Baltimore: The Johns Hopkins University Press.

CARUTH C,1996. Unclaimed experience: trauma, narrative, and history[M]. Baltimore: The Johns Hopkins University Press.

COLLINS M,2013 "Ali even motivates the dead": the pursuit of sovereignty in Norman Mailer's the fight [J]. Publications of the Modern Language Association of America,12(3):322 - 336.

D'AMORE J L, 2011. The writing life: authorship and authority in recent American autobiographical narratives[D]. North Carolina: The University of North Carolina.

DEARBORN M,1999. Mailer: a biography[M]. New York: Houghton Mifflin Company.

EATON O, 2020. Watergate-ing Norman Mailer's Marilyn: Life writing in cultural context[M]//Life Writing and Celebrity. Routledge,107 - 123.

EHRLICH R, 1978. Norman Mailer: the radical as hipster [M]. Metuchen: Scarecrow Press.

FELMAN S, 2002. The juridical unconscious: trails and traumas in the twentieth century[M]. Cambridge: Harvard University Press.

FELMAN S, LAUB D, 1992. Testimony: crises of witness in literature, psychoanalysis, and history[M]. London: Routledge.

FELTY T,1999. Casting criminals: The execution novels of Robert Coover and Norman Mailer[D]. Georgia: University of Georgia.

FINHOLT R D,1971. Otherwise how explain? Norman Mailer's cosology[J]. Modern Fiction Studies,17(3):375 - 386.

FORTER G,2014. Contemporary approaches in literary trauma theory[M]. New York: Palgrave Macmillan.

FRANK G,1945. Spatial form in modern literature[J]. The Sewanee Review,

53(2):221 - 240.

FREMONT-SMITH E, 1968. Norman Mailer [J]. The New York Times (4):26.

FREUD S, 1977. Inhibitions, symptoms and anxiety, trans. James Strachey [M]. New York:Norton Company.

GENETTE G,1980. Narrative discourse[M]. Ithaca:Cornell University Press.

GLENDY M K,1995. Norman Mailer[M]. New York:St. Marti's Press.

GOLDSTONE H, 1956. The novels of Norman Mailer [J]. The English Journal,45(3):113 - 121.

GORDON A,1980. An American dreamer:a psychoanalytic study of the fiction of Norman Mailer[M]. London:Associated University Press.

HALBWACHS M, 1992. On collective memory [M]. Chicago: Chicago University Press.

HAMILTON G, 2005. Prophets of disaffect: antisocial individualism in the contemporary American novel[D]. Ontario:University of Toronto.

HARACK K, 2008. The heterological writer and the gift of art: writers on writing,ethics,and performativity in twentieth century America[D]. Irvine: University of California.

HARTMAN G H,1995. On traumatic knowledge and literary studies[J]. New literary history,26(3):537 - 563.

HARTMAN G H,1996. The longest shadow:in the aftermath of the holocaust [M]. New York:Cambridge University Press.

HARTMAN G H,2002. Scars of the spirit:The struggle against inauthenticity [M]. New York:Palgrave Mac Millan.

HARTMAN G H,2003. Trauma within the limits of literature[J]. European Journal of English Studies,7(3):257 - 274.

HASSAN I, 1973. Contemporary American literature 1945—1972 [M]. New

York:Frederick Ungar.

HELLMANN J,1981. Fables of fact:the new journalism as new fiction[M]. Urbana:University of Illinois Press.

HERMAN J,1990. Trauma and recovery[M]. Portsmouth:Basic Books.

HERMAN J,1995. Trauma and recovery:contemporary symbolic depictions of collective disaster[M]. New York:Lang.

HINRICHSEN L,2013. Trauma studies and the literature of the US south[J]. Literature Compass,10(8):605-617.

HOWLEY A, 2008. Mailer again: studies in the late fiction[D]. Ontario: University of Ottawa.

HUTCHEON L, 1988. A Poetics of postmodernism[M]. New York and London:Routledge.

JAMES T,1993. "Cradled in the larger history of one's time":epistemological pattern in the work of Norman Mailer[D]. Louisiana:Tulane University.

JAMESON F,1981. The political unconscious[M]. Ithaca:Cornell University Press.

JEAN R,1975. Norman Mailer: a critical study[C]. London: The Macmillan Press.

JOSCELYNE S, 2022. Norman Mailer and American totalitarianism in the 1960s[J]. Modern Intellectual History,19(1):241-267.

KELLY J,1999. Political intelligence:America's liberal unconscious in the age of ideology[D]. Ontario:The University of Western Ontario.

KIM,E, 2017. The theme of waste represented in Norman Mailer's the executioner's song[J]. Story and Image Telling,13:237-257.

KWON J,2022. History as masculine violence in Oswald's tale[J]. Journal of British and American Studies,54:33-54.

LEIGH N, 1990. Radical fictions and the novels of Norman Mailer[M].

Houndmill,London:The MacMillan Press.

LENNON J M,1986. Critical essays on Norman Mailer[C]. Boston,Mass:G. K. Hall.

LENNON J M, 1988. Conversations with Norman Mailer [C]. Mississippi: Mississippi University Press.

LENNON J M,Mailer N,1999. A conversation with Norman Mailer[J]. New England Review,20(3):138 - 148.

LENNON J M, 2004. "Norman Mailer" in the Oxford encyclopedia of American literature:Volume 3[M]. Oxford:Oxford University Press.

LENNON J M,2006. Norman Mailer:Novelist,journalist,or historian? [J]. Journal of Modern Literature,32(1):121 - 130.

LEYS R,2000. Trauma:a genealogy[M]. Chicago and London:The University of Chicago Press.

LEVITOV F,2008. The castle in the forest[J]. Kliatt,12(3):50.

LISTER P A, 1975. War in Norman Mailer's fiction [M]. Kansas State University,1974.

LOUNSBERRY B,1990. The art of fact:contemporary artists of nonfictions [M]. New York:Greenwood Press.

LUCID R,1971. Norman Mailer:the man and his work[M]. Boston:Little, Brown and Company.

MAECHLER S,2001. The Wilkomirski affair:a study in biographical truth [M]. London:Picador.

MAILER N,1957. The white negro[M]. San Francisco:City Lights Books.

MAILER N,1959. The advertisement for myself[M]. New York:Rinehart.

MAILER N,1963. The presidential papers[M]. New York:G. P. Putnam's Sons.

MAILER N,1966. Cannibals and Christians[M]. New York:Dial.

MAILER N,1967. Why are we in Vietnam[M]. New York:Putnam's.

MAILER N, 1968. The armies of the night: history as a novel, the novel as history[M]. New York:New American Library.

MAILER N,1968. Miami and the siege of Chicago:an informal history of the republican and democratic conventions of 1968 [M]. New York: New American Library.

MAILER N, 1971. Of a fire on the moon[M]. Boston: Little, Brown and Company.

MAILER N,1973. Marilyn:a biography[M]. New York:Grosset and Dunlap.

MAILER N,1975. The fight[M]. Boston:Little,Brown and Company.

MAILER N, 1979. The executioner's song[M]. Boston: Little, Brown and Company.

MAILER N, 1982. Pieces and pontification[M]. Boston: Little Brown and Company.

MAILER N, 1982. Literary ambitious: An interview with michael lennon// Pieces and Pontifications[M]. Boston:Little,Brown and Company.

MAILER N,1992. Advertisement for myself[C]. Cambridge, Massachusetts: Harvard University Press.

MAILER N, 1995. Oswald's tale: an American mystery[M]. New York: Random House.

MAILER N,1997. The gospel according to the son[M]. New York:Random House.

MAILER N,1998. The time of our time[C]. New York:Random House.

MAILER N,2003. The spooky art:some thoughts on writing[M]. New York: Random House.

MAILER N,2007. The castle in the forest[M]. New York:Random House.

MAILER N, LENNON J M, 2007. On god: an uncommon conversation[M].

New York:Random House.

MANFRED J, 1999. The Mechanics of Focalization: Extening the Narratological Toolbox[J]. Gatt(21):85[M]. 110.

MANSO P, 1985. Mailer: his life and times [M]. New York: Simon and Schuster.

MCDONALD B,2006. Post-holocaust theodicy,American imperialism,and the "very Jewish Jesus" of Norman Mailer's the gospel according to the son[J]. Journal of Modern Literature,30(1):78 - 90.

MCNALLY R, 2003. Remembering trauma [M]. Massachusetts: Harvard University Press.

MCKINLEY M, 2017. Understanding Norman Mailer [M]. Columbia: The University of South Carolina Press.

MERRILL R, 1992. Norman Mailer revisited [M]. New York: Macmillan Publishing Company.

MILLS H,1982. Mailer:a biography[M]. New York:Empire.

MITCHELL W J T,1980. Spatial form in literature:toward a general theory [J]. Critical inquiry,6(3):539 - 567.

PAK I, 1995. Historical reconstruction and self-search: a study of Thomas Pynchon's "V.",John Barth's "the Sot-Weed factor",Norman Mailer's "the Armies of the night",Robert Coover's "the public burning",and E. L. Doctorow's "the book of Daniel"[D]. Texas:University of North Texas.

PAK I C, 2013. Norman Mailer's self-dispersive reconstruction of self and history:a reading of the armies of the night[J]. American Fiction Studies,20 (1):273 - 295.

PARK R E, 1928. Human migration and the marginal man [J]. American journal of sociology,33(6):881 - 893.

PARTRIDGE J,2006. The gospel according to the son and Christian belief[J].

Journal of Modern Literature,30(1):64－77.

PEDERSON J,2014. Speak,trauma:toward a revised understanding of literary trauma theory[J]. Narrative,22(3):333－353.

RICOEUR P,1988. Time and narrative[M]. Chicago: University of Chicago Press.

ROBERT L S,1980. Diagnostic and statistical manual of mental disorders[M]. Washington:American Psychiatric Association.

ROTH P,1961. Reading myself and others[M]. New York:Farrar,Straus and Giroux.

SCOTT N A,1973. Three American moralists: Mailer, bellow, trilling[M]. Indiana:University of Notre Dame Press.

TABBI J, 1989. The psychology of machines: technology and personal identifying the work of Norman Mailer and Thomas Pynchon[D]. Toronto: University of Toronto.

TZVETAN T,1969. Grammaire du Décaméron[M]. The Hague:Mouton.

VAN DER KOLK B A, VAN DER HART O, 1991. The intrusive past: the flexibility of memory and the engraving of trauma[J]. American Imago, 48 (4):425－454.

WENSINK J, 2012. Literary philanthropy: the Pulitzer Prize, Oprah's book club, and contemporary U. S. fiction [D]. Massachusetts: Brandeis University.

WHALEN B J,2010. Norman Mailer's later fictions:ancient evenings through castle in the forest[M]. New York:Palgrave Macmillan.

WHITE H, 1978. Tropics of discourse: essays in cultural criticism [M]. Baltimore:Johns Hopkins University Press.

WHITE H,1989. "New historicism:a comment" in the new historicism[M]. New York:Routledge.

WILSON A, 2007. Norman Mailer: an American aesthetic [D]. England: University of Essex.

WILSON A, 2010. Pentagon pictures: the civil divide in Norman Mailer's "the armies of the night"[J]. Journal of American Studies, 44(4): 725 - 740.

WOO E, 2007. Norman Mailer: provocative, prolific novelist and essayist[N]. Los Angeles Times(11).

WOOD J, 1997. He is finished[J]. The New Republic, (5): 30 - 35.

WOOD N, 2000. Vectors of memory: legacies of trauma in postwar europe [M]. London: Berge.

ZIRAKZADEH C E, 2007. Political prophecy in contemporary American literature: the left-conservative vision of Norman Mailer[J]. The Review of Politics, 69(4): 625 - 649.

附 录

附录一 诺曼·梅勒生平纪事[①]

1923 年 诺曼·梅勒出生在美国新泽西州朗·布兰奇,父亲艾萨克·巴恩特·梅勒,母亲范妮·希奈德。

1939 年 梅勒毕业于布鲁克林男子中学,并考入哈佛大学航空机械学专业。

1941 年 梅勒参加《新蕾》杂志举办的全美短篇小说比赛,并荣获一等奖;同年入选哈佛大学创办的文学杂志《哈佛之声》编委会,发表《右脚穿在左脚上》和《也许是明年》,创作其第一部长篇小说《没有胜算》。

1942 年 梅勒在波士顿一家精神病院从事清洁工作,积累创作素材。

1943 年 6 月梅勒毕业于哈佛大学,获机械学学士学位。

1944 年 2 月与比阿特丽斯·希尔夫曼结婚;3 月应征入伍参加第二次世界大战,在驻菲律宾、日本的第十二骑兵师服役,从事打字员、图纸解说员、步枪兵和侦查员等工作。

1946 年 5 月诺曼·梅勒结束军旅生活,返回布鲁克林。

1947 年 8 月梅勒与妻子比阿特丽斯·希尔夫曼前往巴黎大学进修学习。

---

① 附录一、附录二为本文作者通过相关文献阅读,按照时间顺序考订、归纳的诺曼·梅勒生平纪事与作品年表。

1948 年 5 月梅勒小说《裸者与死者》由莱恩哈特公司出版；梅勒参与总统选举活动，并多次进行竞选演讲。

1949 年 梅勒的第一个女儿苏珊出生。

1951 年 梅勒与第一任妻子比阿特丽斯·希尔夫曼离婚；前往格林威治村。

1954 年 梅勒担任《异议》的特约编辑，与第二任妻子画家阿黛尔·莫里尔斯结婚。

1955 年 梅勒与丹尼尔·伍尔夫、埃德温·范切尔等人一起创立《村声》杂志。

1956 年 梅勒因与合作伙伴的经营理念发生分歧，离开《村声》杂志。

1957 年 3 月梅勒的第二个女儿丹尼尔出生。

1959 年 9 月梅勒的第三个女儿安妮出生，梅勒出版自选集《为我自己做广告》。

1960 年 11 月梅勒醉酒后刺伤妻子阿黛尔·莫里尔斯，进入贝勒维尤监狱医院接受精神检查和治疗，随后因妻子撤诉缓刑释放。

1962 年 梅勒与第二任妻子阿黛尔·莫里尔斯离婚，与珍妮·坎贝尔结婚；8 月第四个女儿凯特出生。

1963 年 梅勒与第三任妻子珍妮·坎贝尔离婚，同年与贝弗莉·本特莉结婚。

1964 年 梅勒的第一个儿子米契尔·伯克出生。

1966 年 梅勒的第二个儿子史蒂芬·麦克利出生。

1967 年 10 月受邀参与美国五角大楼的反越战游行示威活动，被捕入狱；入选进入全国文学艺术学会；改编小说《鹿苑》为戏剧。

1968 年 出版小说《夜幕下的大军》，获得普利策文学奖和美国国家图书奖；执导电影《梅德斯通》。

1969 年 参与纽约市长竞选活动，在民主党推举的五位候选人中位列第四。

1970 年 梅勒入选美国文理研究院。

1971 年 梅勒与第四任妻子贝弗莉·本特莉分居，卡罗尔·史蒂文斯为梅勒诞下一女玛吉·亚历山大。

1978 年 4 月诺里斯·丘奇诞下梅勒的第三个儿子约翰·布法罗。

1980 年 梅勒与第四任妻子贝弗莉·本特莉离婚,11 月与卡罗尔·史蒂文斯结婚、离婚后,与第六任妻子诺里斯·丘奇结婚;出演电影《爵士乐》,参与拍摄纪录片《诺曼·梅勒:对写作的赞许》。

1982 年 非虚构小说《刽子手之歌》为梅勒第二次斩获普利策文学奖。

1984 年 梅勒当选为国际笔会美国中心主席。

1985 年 梅勒的母亲范妮·希奈德去世。

1986 年 1 月梅勒以国际笔会美国中心主席身份,主持召开国际笔会大会;《女人和她们的风韵》被改编为剧本,在纽约演出;执导电影《硬汉不跳舞》。

2005 年 梅勒荣获美国国家图书奖终身成就奖。

2007 年 11 月 10 日梅勒因急性肾衰竭在纽约西奈山医院逝世,享年 84 岁。

附录二 诺曼·梅勒作品年表

创作时间	作品中文名称	作品英文名称	体裁类型
1941	《没有胜算》	*No Percentage*	长篇小说
1944	《上天的演算》	*A Calculus at Heaven*	短篇小说
1948	《裸者与死者》	*The Naked and the Dead*	长篇小说
1951	《巴巴里海岸》	*Barbary Shore*	长篇小说
1951	《纸房子》	*Paper House*	短篇小说
1951	《男人的语言》	*The Language of Men*	短篇小说
1951	《死去的菲律宾人》	*The Dead Gook*	短篇小说
1955	《鹿苑》	*The Deer Park*	长篇小说
1957	《白色黑人—对希波斯特的肤浅思索》	*The White Negro: Superficial Reflections on the Hipster*	专栏文章
1959	《为我自己做广告》	*Advertisement for Myself*	自选集
1960	《超人来到了超级市场》	*The Superman Comes to the Supermarket*	报道文章
1962	《夫人之死(及其他灾难)》	*Deaths for the Ladies(and Other Disasters)*	诗集
1963	《总统文件》	*The Presidential Papers*	文集
1965	《一场美国梦》	*An American Dream*	长篇小说
1966	《食人者与基督徒》	*Cannibals and Christians*	文集
1967	《我们为什么在越南》	*Why Are We in Vietnam*	长篇小说
1967	《诺曼·梅勒短篇小说集》	*The Short Fiction of Norman Mailer*	短篇小说集
1968	《夜幕下的大军》	*The Armies of the Night: History as a Novel, the Novel as History*	长篇小说
1968	《迈阿密与芝加哥之围》	*Miami and the Siege of Chicago: An Informal History of the Republican and Democratic Conventions of* 1968	长篇小说
1971	《月球之火》	*Of a Fire on the Moon*	长篇小说
1971	《性的囚徒》	*The Prisoner of Sex*	长篇小说

续表

创作时间	作品中文名称	作品英文名称	体裁类型
1972	《存在的使命》	*Existential Errands*	文学论著
1973	《玛丽莲传》	*Marilyn:A Biography*	长篇小说
1975	《战斗》	*The Fight*	长篇小说
1978	《向那克索斯的过渡》	*A Transit to Narcissus*	长篇小说
1979	《刽子手之歌》	*The Executioner's Song*	长篇小说
1980	《女人和她们的风韵》	*Of Women and Their Elegance*	短篇小说
1982	《作者的身份》	*An Author's Identity*	访谈笔录
1982	《寻找恶魔》	*In Search of the Devil*	访谈笔录
1982	《文学的抱负》	*Literary Ambitions*	访谈笔录
1983	《古国之夜》	*Ancient Evenings*	长篇小说
1984	《硬汉不跳舞》	*Tough Guys Don't Dance*	长篇小说
1985	《作品种种》	*Pieces*	文学论著
1988	《梅勒访谈录》	*Conversations with Norman Mailer*	访谈文集
1991	《哈洛特的鬼影》	*Harlot's Ghost*	长篇小说
1995	《奥斯瓦尔德的故事》	*Oswald's Tale :An American Mystery*	长篇小说
1995	《毕加索:一个青年艺术家的画像》	*Portrait of Picasso as a Young Man: An Interpretive Biography*	长篇小说
1997	《圣子福音》	*The Gospel According to the Son*	长篇小说
1998	《诺曼·梅勒作品集:我们时代的高潮》	*The Time of Our Time*	短篇小说
2003	《怪异的艺术:关于写作的一些思考》	*The Spooky Art :Some Thoughts on Writing*	文学论著
2003	《我们为什么参战?》	*Why We Are at War?*	长篇小说
2007	《论上帝:一次难得的谈话》	*On God :An Uncommon Conversation*	政论文集
2007	《林中城堡》	*The Castle in the Forest*	长篇小说

后 记

光阴流转，昼夜蚀刻。搁笔之际已值癸卯秋分，寒暑均分，竹露微微。起身凝望窗外，忽感秋夜微凉，忆起多年前的坚定与执着，感恩一路走来的风雨与磨砺。

师者如光，微以致远。2018 年有幸成为谷鹏飞教授指导的国内访问学者，已逾而立之年的我怀着迫切的心情踏上求知之路。先生严谨的治学态度、广博深厚的学识、睿智独到的洞见和非凡幽默的谈吐令我获益匪浅。追光而遇，沐光而行。先生为我开启中外文论、西方美学和文学批评的大门，让我领略文学世界的精妙与魅力。书稿撰写过程中，无论篇章结构还是论证表述，先生都给予我悉心的指导与莫大的帮助。先生的真诚与宽容是我一生学习的典范，我将永远铭记师恩，执着地追求自己热爱的事业，不断挑战自我、超越自我。

感谢雷武锋教授、张碧教授、李建森教授、季建芬教授，几位教授的谆谆教导令我如沐春风、茅塞顿开。本书的写作还有赖于诸多专家教授的指导与帮助，苏仲乐教授、冯正斌教授、韩伟教授、曹若男教授和雷武锋教授为谋篇布局、总结论述及文辞润饰提出了建设性意见。同时感谢为我搜集文献资料、分享科研心得的博友们，感谢陪我一路走来的朋友和姐妹们！感谢同门兄弟姐妹的关心与鼓励，一路上的欢声笑语、互助帮扶给予我安慰与动力。师门是我们的精神家园，也是我们的灵魂港湾。

感谢父母及家人的支持，父亲坚毅果敢的气魄和母亲贤淑温顺的品格是我进取路上源源不竭的动力，父母的惦念与关怀无时无刻不在鼓励我全力以赴。丈夫一直是我身边温润如玉的良人，他放弃身披铠甲、守护家国的梦想，一面肩负着工作的重担，一面操持着细碎的家务，尽心尽力，无怨无悔。女儿的理解与包容亦是我心中最大的慰藉，在四年时光中她与我一同守望，一同成长。

师长、挚友和家人的厚爱让我体味人间美好，坚定前行。晚星破晓，未来已来。执守热爱，不负期许。